W0336988

UN ÉTÉ À VIGNOLS

Sylvie Anne

UN ÉTÉ À VIGNOLS

Roman

ÉDITIONS FRANCE LOISIRS

Édition du Club France Loisirs,
avec l'autorisation des Presses de la Cité

Éditions France Loisirs,
123, boulevard de Grenelle, Paris
www.franceloisirs.com

Le Code de la propriété intellectuelle n'autorisant, aux termes des paragraphes 2 et 3 de l'article L. 122-5, d'une part, que les « copies ou reproductions strictement réservées à l'usage privé du copiste et non destinées à une utilisation collective » et, d'autre part, sous réserve du nom de l'auteur et de la source, que « les analyses et les courtes citations justifiées par le caractère critique, polémique, pédagogique, scientifique ou d'information », toute représentation ou reproduction intégrale ou partielle, faite sans le consentement de l'auteur ou de ses ayants droit ou ayants cause, est illicite (article L. 122-4). Cette représentation ou reproduction, par quelque procédé que ce soit, constituerait donc une contrefaçon sanctionnée par les articles L. 335-2 et suivants du Code de la propriété intellectuelle.

© Presses de la Cité, un département de place des éditeurs, 2006
ISBN : 978-2-298-00304-8

1

Vignols, Corrèze, 1935

Louis Sérignac se leva très tôt mais en ce début de juin, la lumière du soleil filtrait déjà à travers les volets de sa chambre.

Il n'avait guère dormi. La décision qu'il avait prise la veille l'avait tenu éveillé une grande partie de la nuit. A présent, le plus difficile restait à faire : annoncer son intention de se remarier à son fils Alban.

Il marcha jusqu'à la fenêtre, ouvrit les persiennes. Avec l'été, le village de Vignols où était construite la demeure bourgeoise qu'il habitait surplombait une vallée verdoyante et boisée, bordée de collines. A droite, à travers l'épais feuillage des arbres, on distinguait quelques arches du principal viaduc traversant le bourg et supportant la voie ferrée.

De Juillac à Brive, vallons et champs semblaient rivaliser dans leur foisonnement de couleurs.

Il s'accouda quelques instants à la balustrade de fer forgé, tourna un peu la tête pour apercevoir une partie des deux cents hectares qui lui appartenaient. Les blés oscillaient à peine. Une belle journée commençait.

Enraciné au cœur de cette terre qu'il pensait sans secret pour lui, il goûtait à une certaine ivresse, celle qui naît de la réussite. Avec satisfaction, il passa les doigts dans ses cheveux drus et grisonnants. A cet instant, un coup discret fut frappé contre la porte. Albert, le domestique à son service depuis vingt ans, apparut dans l'embrasure, un plateau à la main :

— J'espère que Monsieur a bien dormi. En voyant les volets ouverts, j'ai pensé que cela vous ferait plaisir de prendre le petit déjeuner dans votre chambre…

— Merci, Albert, mais aujourd'hui je préfère descendre dans la salle à manger.

La porte se referma. Quand les pas du domestique décrurent dans le couloir, Louis sortit pour rejoindre la salle de bains. Il était l'un des rares propriétaires de la région à posséder une vraie pièce avec baignoire, douche, lavabo et eau courante. Combien de Corréziens pouvaient s'enorgueillir d'utiliser une grande salle d'eau toute carrelée de blanc pour leur toilette ?

Lors de ses courts séjours à Paris, il avait pu admirer chez des amis ce qu'ils appelaient un « luxe indispensable » : une véritable salle de bains. Dès lors, il n'avait eu de cesse de reproduire la même chose chez lui. Un caprice qui lui avait coûté cher mais qui le confortait dans son désir d'être toujours le premier à innover.

Le miroir lui renvoya une image qu'il jugea acceptable. A quarante-six ans, il s'en sortait bien. Ses cheveux encore épais, son visage carré où apparaissaient quelques rides d'expression sur le front et autour de la bouche soulignaient une maturité épanouie qui plaisait aux femmes, il le savait.

Pendant quelques secondes, le visage de Martha flotta devant ses yeux. Alors, il se mit à fredonner.

Sept heures trente sonnaient à la pendule en marbre posée sur la cheminée quand il entra dans la salle à manger. Le soleil baignait une partie de la pièce. Les meubles aussi anciens que la maison luisaient, cirés par Blanche dont la présence entre ces murs remontait comme celle d'Albert à deux décennies. Une odeur de café chaud et de tartines grillées imprégnait l'air. Albert avait déjà dressé le couvert du matin sur la grande table. Louis s'installa. Il n'attendit pas longtemps l'arrivée de son fils. En dehors des vacances, les apparitions du garçon à Vignols étaient rares. Il préférait, disait-il, la capitale et son animation à cet endroit trop calme pour lui.

Les cheveux encore mouillés par les ablutions matinales, il semblait avoir enfilé à la hâte une chemise et un pantalon de toile.

— Bonjour, père ! fit-il après avoir étouffé un bâillement. Il est beaucoup trop tôt pour moi mais je ne parvenais plus à dormir à cause des piaillements d'oiseaux…

Sérignac lui jeta un regard bienveillant. Ce fils unique était le point central de sa vie. Il lui payait sans rechigner la location d'un studio à Paris et tout ce dont il avait besoin pour terminer ses études de droit. Malgré ses dix-huit ans et son mètre soixante-seize, il le considérait toujours comme un petit garçon. Attentif, il remplit sa tasse de café et poussa le pain grillé vers lui.

— Si je ne me trompe, tu avais un examen avant-hier. Comment cela s'est-il passé ?

Alban s'étira avec langueur avant de boire une longue gorgée de café.

— Je n'en sais rien, finit-il par répondre, le prof qui nous a interrogés ne m'apprécie pas beaucoup.

Il eut beau se plonger dans la contemplation de sa tasse, il remarqua le froncement de sourcils de son père mais, comme à l'accoutumée quand il ne voulait pas s'épancher sur un sujet, il tenta une manœuvre de diversion :

— Vous ne m'avez pas l'air en grande forme, ce matin, auriez-vous eu de mauvaises nouvelles ?

Sérignac se racla la gorge. Devait-il annoncer tout de suite ce qu'il brûlait de dire ou exiger d'abord des explications sur l'attitude de ce professeur ? Il n'eut pas le loisir de trancher. Alban reposa sa tartine.

— Demain, cela fera juste dix ans que maman est morte. Parfois, j'ai l'impression que c'était hier.

La date de ce triste anniversaire avait échappé à son père, preuve que le temps du deuil était achevé et la blessure de cette disparition cicatrisée. Si le souvenir demeurait, en revanche la vie avait bien repris ses droits. Dans ces conditions, comment confier à son fils qu'il envisageait de mettre un terme à son veuvage ?

— Nous irons fleurir sa tombe, n'est-ce pas ? continua Alban. J'ai commandé des lys blancs, ses fleurs préférées, et demandé une messe à l'abbé Mourioux. Un faire-part est passé dans *Les Echos de Brive*, le journal interparoissial.

— Tu as pensé à tout, commenta Sérignac qui ne trouvait rien d'autre à ajouter.

Comme il ne lisait jamais ce journal, il ignorait tout de cette célébration. En revanche, l'événement contrecarrait ses projets. Il avait promis à Martha d'aller la chercher à la gare de Brive avec sa Citroën neuve puis de la ramener jusqu'ici afin de lui présenter son fils. Enervé, il repoussa l'assiette et la tasse qui étaient devant lui. Bien sûr, il pouvait tout annuler par téléphone, mais comment allait-elle le prendre ?

— Regardez derrière vous ! reprit Alban, il y a quelque chose que vous n'avez pas encore remarqué.

Sérignac se retourna de bonne grâce avant de sursauter. Une photo d'Amélie, la mère d'Alban, trônait sur la commode, appuyée contre le mur. Un portrait agrandi pris quelque temps avant que la pneumonie qu'elle avait contractée ne l'emportât. Elle souriait avec ce visage altier qu'elle avait toujours eu. Ses cheveux châtains coupés au carré à la mode de l'année 1925 mettaient en valeur sa bouche un peu moqueuse qui laissait entrevoir une rangée de dents parfaitement alignées.

« Vous avez des dents de petit carnassier », plaisantait autrefois Sérignac.

Un malaise le submergea soudain. Pouvait-il interdire à son fils d'exposer cette photo ?

— Pourquoi ne dites-vous rien ? interrogea le garçon. Ne donne-t-elle pas l'impression d'être avec nous ?

Silencieux, Louis se leva de table. L'attachement d'Alban à sa mère lui semblait normal, mais ce portrait qu'il avait placé en évidence s'offrait à la vue comme un rappel à l'ordre. Il représentait sans nul doute l'unique femme qu'il autorisait entre ces murs.

2

Blanche s'activait dans la cuisine. Aujourd'hui plus encore que les autres jours, elle voulait réussir son menu. C'était ce qu'elle estimait être la meilleure des consolations pour celui qu'elle avait vu grandir. La disparition de Madame, comme elle l'appelait encore, avait renforcé chez elle un penchant maternel qui n'avait jamais pu s'exprimer autrement. Devant elle, sur la plaque en fonte du fourneau, les prunes cuisaient doucement dans une casserole à fond épais, dégageant un parfum âcre et sucré à la fois. Elle enfonça une longue cuillère en bois dans le jus puis goûta avant de rajouter du sucre.

Tout à coup, la porte d'entrée claqua. Des bruits de voix emplirent le vestibule.

Elle suspendit son geste pour écouter. Les consignes que Louis Sérignac lui avait données le matin même pour le repas de midi concernaient donc cette femme dont elle reconnaissait la voix et qu'elle avait déjà vue ici une ou deux fois.

« Ainsi, pensa-t-elle, révoltée, il ose l'amener un tel jour ! »

Alban n'allait pas tarder à se montrer. Après la messe et la visite au cimetière qu'il avait dû prolonger, son retour était imminent. Comment réagirait-il face à cette inconnue ? Elle entendit les pas d'Albert qui se précipitait pour accueillir les arrivants. Dépitée, elle rajusta son chignon gris puis se pencha de nouveau au-dessus du fourneau. Son œil averti inspecta la viande et les herbes qui mijotaient avec de petits bouillonnements. L'heure tournait, il fallait aussi enfourner la tarte pour qu'elle soit cuite à point. Soucieuse de ne rien laisser au hasard, elle ravala son amertume et s'efforça de se concentrer sur ses préparatifs culinaires.

Lorsque Alban ouvrit la porte du salon, il portait toujours le costume gris cintré et la cravate noire qu'il avait mis pour la cérémonie. Ses cheveux châtains partagés par une raie sur le côté brillaient sous la Gomina qui les disciplinait. A la vue de la jeune femme assise près de son père, il se figea.

— Voici Alban, dont je vous ai si souvent parlé, Martha, fit Sérignac.

Elle paraissait toute menue à côté de son père. Sa chevelure blonde ondulée entourait un fin visage à peine maquillé. Sa bouche ronde et ses yeux clairs évoquaient la beauté de Madeleine Ozeray, l'actrice de cinéma en vogue.

Elle lui tendit la main avec un sourire franc et engageant mais le jeune homme répondit à son geste sans manifester le moindre empressement. Contenant la révolte qui grondait en lui, il jeta un coup d'œil vers la commode. Le vase où s'épanouissaient les lys achetés le matin même cachait en partie la photo de sa mère que quelqu'un avait dû déplacer à dessein.

— Veux-tu prendre l'apéritif avec nous ? proposa alors Sérignac qui venait de capter son regard.

Il acquiesça du bout des lèvres. Seule l'envie d'en apprendre davantage sur cette Martha dont Blanche lui avait parlé l'incitait à rester.

Après un apéritif vite expédié, ils passèrent à table. La conversation s'engagea sur des thèmes anodins qui masquaient un indéniable malaise. Avec un léger accent, Martha expliqua qu'elle était d'origine allemande et traduisait des articles pour une revue féminine assez lue dans son pays. Quand elle s'intéressa aux études d'Alban, il n'énonça que des choses vagues, puis, sans états d'âme, il aborda ce que son père redoutait le plus : la célébration du matin et l'afflux de monde dans la petite église où la messe avait eu lieu. Sérignac eut beau lui lancer quelques œillades ombrageuses, rien n'y fit. Alban détailla le nom des gens et termina par un vibrant hommage au prêtre et à son homélie. De plus en plus gêné, son père proposa une promenade dans le parc. Il était quinze heures et le dessert n'avait pas été servi, mais une diversion s'imposait. Silencieux, le trio s'engagea le long de l'allée principale bordée de peupliers et de quelques châtaigniers centenaires. L'air saturé de chaleur se chargeait de brumes qui voilaient en partie le soleil.

— Je crains l'orage, dit tout à coup Sérignac en fixant le ciel.

Martha marchait pensive à ses côtés, suivie à quelques pas par Alban qui fumait une cigarette.

— C'est le mot qui convient, crut bon de renchérir ce dernier.

Sérignac eut un mouvement d'humeur qui trahit son agacement. En remarquant la pâleur de Martha, il allait s'insurger contre son fils, quand un homme apparut, agitant le bras en contrebas du lieu où ils se tenaient :

— Monsieur Sérignac ! J'ai besoin de vous parler.

Louis s'excusa auprès de sa compagne :

— C'est Jacques, mon métayer. Pardonnez-moi, mais je préfère le rejoindre pour vous éviter des discussions sans grand intérêt. De toute façon, je n'en ai pas pour longtemps.

Elle le regarda s'éloigner avec appréhension. Se retrouver en tête à tête avec Alban ne lui plaisait guère. L'hostilité du jeune homme confirmait ses craintes.

D'ailleurs, le silence ne dura pas.

— Vous n'êtes pas contrariée, au moins ? questionna soudain le garçon sur un ton ironique.

Comme elle ne lui adressait qu'un petit sourire, il poursuivit :

— Envisagez-vous d'épouser mon père ? Dans ce cas, il faut que vous le sachiez : ma mère a été une femme exceptionnelle ; tout le contraire de Louis qui est un charmeur. Il a toujours multiplié les conquêtes féminines. Maman fermait les yeux sur ces détails qu'elle considérait comme des caprices sans conséquence.

Il fixa Martha qui arborait le même sourire.

— Je m'attendais à ce genre de propos, rétorqua-t-elle. Votre réaction ne me surprend pas. Vous êtes un enfant blessé.

Le visage d'Alban s'altéra, mais il n'eut pas le loisir de réagir : Sérignac se dirigeait de nouveau vers eux à grands pas.

— Méfiez-vous, souffla encore le garçon à voix basse, personne n'aime les étrangers par ici.

A peine revenu, Louis saisit Martha par le bras :

— Je viens de promettre à Jacques de vous présenter. Il est impatient de faire votre connaissance...

— Excusez-moi, père, coupa Alban, vous oubliez que je dois partir. Le train pour Paris quitte Brive dans une heure.

Il exécuta une rapide volte-face pour rejoindre la maison, mais son père le rattrapa.

— Tu sais que je tiens à te conduire moi-même à la gare avec la voiture. Martha prendra une orangeade ou se rafraîchira en m'attendant. Ce ne sera pas long et nous aurons toute la soirée pour bavarder.

Il se tourna vers la jeune femme :

— Vous n'y voyez pas d'inconvénient, n'est-ce pas ?

Que pouvait-elle dire ? Elle approuva d'un hochement de tête. Il ne lui avait rien dissimulé de son attachement protecteur pour ce fils qui lui succéderait un jour. Elle les vit rentrer côte à côte dans le grand vestibule et pour la première fois, malgré la chaleur, elle frissonna.

Autour d'elle, l'ombre des arbres offrait un refuge plus frais. Elle choisit un marronnier un peu à l'écart et, sans égard pour sa longue jupe de soie beige, s'assit au pied de l'arbre, songeuse.

La dernière lettre de sa mère datait de quelques jours. Elle lui relatait en détail la vie tranquille qui s'écoulait à Cologne. Une vie si paisible, si linéaire que Martha avait tout de suite suspecté une censure. En France, la radio et les journaux abondaient en commentaires sur le rejet des clauses militaires du traité de Versailles par Hitler. Au-delà du Rhin, le Führer dictait sa loi en défiant l'Europe. Elle haïssait cet homme et ceux qui l'entouraient et ne regrettait pas d'avoir quitté son pays, un an auparavant. A Paris, elle avait trouvé des amis, un métier qui lui permettait d'assurer son quotidien. Sa mère et sa sœur cadette avaient refusé de la suivre. Avec les événements politiques, entre elles, le fossé se creusait davantage chaque jour. Martha n'en parlait à personne. Se plaindre n'avait jamais été son fort.

Tout à coup, la silhouette d'Albert se dressa devant elle :

— J'ai eu du mal à vous retrouver, fit-il. On dirait que vous vous cachez.

Son apparition la détendit. A part Louis, il était bien le seul dont elle sentait la sympathie. Avec son gilet rayé, sa chemise blanche et son front un peu dégarni, il ne lui inspirait aucune méfiance. Peut-être parce qu'il ressemblait au père qu'elle avait perdu.

— Vous devriez vous asseoir sur la terrasse, reprit-il, j'ai installé un parasol et posé un verre d'orangeade sur la table.

Une étroite terrasse longeait en effet le mur de l'autre côté de la maison. Martha redoutait l'œil acéré de Blanche qui pouvait l'épier de la cuisine. Elle fut tentée de refuser, mais elle risquait de froisser le domestique. Ce n'était pas le moment de se faire un autre ennemi. Elle le remercia puis se leva à contrecœur pour aller vers l'endroit qu'il lui désignait.

Son premier geste fut d'incliner le parasol afin qu'il la protège des éventuels regards indiscrets. Ensuite, elle s'allongea sur la longue chaise en rotin qu'Albert avait apprêtée pour elle et s'efforça de somnoler.

3

Durant trois jours, un soleil de plomb s'installa. Dans les pâturages, les bêtes se regroupaient sous les arbres à la recherche d'un peu d'ombre. A Vignols comme dans toute la région, on redoutait la sécheresse et déjà, des fleurs ornaient les statues de saint Martial, chargé d'obtenir la pluie. Partageant la même inquiétude, le matin du quatrième jour, Jacques Clément mit sa main en visière pour surveiller ses champs. Aucun vent ne troublait l'air. Avec un peu de chance, il estima qu'un orage pouvait éclater avant le soir. Demain, c'était jour de marché à Objat. Il devait livrer les cinq veaux qu'un marchand lui avait achetés. Certes, la somme obtenue ne compenserait pas la perte des bénéfices qu'il n'avait pas encore osé annoncer à Louis Sérignac. Mais au moins cette vente assurerait-elle une rentrée d'argent.

Voilà dix ans qu'il dirigeait la ferme et les deux cents hectares de terres sans aucun souci et soudain, tout s'accélérait. Il avait beau retourner le problème dans sa tête, il ne voyait pas de solution. Il enfonça les mains dans ses poches, donna un coup de pied dans un caillou qui partit rouler sur la terre sèche. Devant lui, la vallée s'étendait comme une nappe verte. Situé à presque deux cents mètres d'altitude, Vignols, avec ses rues étroites, et ses vieilles maisons, dominait un superbe paysage traversé par sept magnifiques aqueducs. A trente ans, il avait atterri ici, conquis par cette nature apaisante et son besoin de solitude. Sa rencontre avec Louis Sérignac avait fait le reste. Ce dernier n'avait eu qu'à se louer de ses services. Mais la mauvaise nouvelle tombée l'avant-veille remettait tout en question.

— Hé ! Jacques ! appela une voix derrière lui. Avec ce temps, les moissons vont être avancées, non ?

Lucien, l'un des trois ouvriers agricoles qui travaillaient sous ses ordres, s'approcha de lui. A cause de la chaleur, il avait relevé ses manches de chemise et repoussé sa casquette vers l'arrière. En réponse à sa remarque, Clément haussa les épaules. Il n'avait pas encore planifié le travail à venir. D'ailleurs, comment aurait-il pu le faire alors que des préoccupations plus immédiates le perturbaient ?

Lucien croisa ses mains sur le haut du manche de pelle qu'il tenait.

— Quand même, fit-il, Sérignac qui se remarie avec une Allemande, c'est pas banal !

Clément esquissa une moue sans répondre. Ce matin, il ne se sentait pas d'humeur à discuter. Pour lui, la vie privée de son patron importait peu. Quand il avait été mis au courant, il n'avait souhaité qu'une chose : que cette Martha Wieder ne l'embête pas en mettant son nez dans des affaires qui ne la concernaient pas.

Etonné par son silence, l'autre le relança :

— T'as fait 14, non ?

— J'ai eu la chance d'être nommé à l'arrière.

— Eh bien ! Moi, avec mes huit années de plus que toi, j'étais au front, en Champagne.

Il se courba, releva un coin de son pantalon. Sur sa jambe droite, un morceau de peau avait été arraché. A la place, les chairs mal cicatrisées laissaient apparaître une sorte de cratère violacé à l'aspect peu engageant.

— C'est un éclat d'obus qui m'a pénétré jusqu'à l'os. J'en ai réchappé par miracle, mais à quelques mètres de moi, mon meilleur copain s'est désintégré sous mes yeux.

Ses mâchoires se serrèrent :

— Je n'oublierai jamais. Il ne se passe pas une nuit sans que j'en rêve encore.

— Où veux-tu en venir ? interrogea Clément.

— T'as pas souffert, expliqua l'ouvrier en rabaissant la jambe de son pantalon, tu ne peux pas comprendre. Pour moi, les Boches, hommes ou femmes, j'en veux plus un seul devant moi. Alors, je te le dis tout de suite, il vaut mieux que la nouvelle patronne prenne ses distances !

Il saisit sa pelle et d'un coup sec l'abattit sur un scarabée qui escaladait un caillou.

Coupé en deux, l'insecte agita encore ses pattes quelques instants. L'ouvrier replaça sa pelle en équilibre sur son épaule et s'en alla sous les yeux sidérés du métayer.

En fin de matinée, la chaleur parut atteindre son paroxysme. Un vent brutal se mit soudain à tourbillonner et le ciel s'obscurcit. Bientôt des éclairs strièrent le ciel, accompagnés de coups de tonnerre. L'orage arrivait enfin. Une pluie drue crépita sur le sol, creusant des rigoles de boue. Les ouvriers se précipitèrent vers les abris.

A l'intérieur de la ferme, Jacques Clément achevait un frugal repas, assis à côté de son livre de comptes. Sa dernière bouchée avalée, il leva les yeux vers la fenêtre ouverte. Si ce déluge était le bienvenu, un risque de grêle n'était pas à écarter. Comme l'eau coulait par la fenêtre, se répandant sur le carrelage, il décida d'aller la fermer. Au moment où il tournait la clenche, son regard fut attiré par une présence sur le côté de la maison. Quelqu'un s'était réfugié sous l'auvent qui surplombait le tas de bois. Il tenta de mieux voir. Transie, les cheveux et les vêtements mouillés, une femme se serrait contre les morceaux de bois amassés, attendant la fin de l'orage.

— Madame ! appela-t-il, venez donc vous abriter à l'intérieur, le vent rabat la pluie sur vous !

Elle hésita quelques secondes puis se faufila jusqu'à la porte. Même s'il ne l'avait aperçue que de loin, Clément l'avait déjà reconnue. Sa blondeur, sa frêle silhouette évoquaient celle que tous ici surnommaient « l'Allemande ».

— Merci, dit-elle à peine entrée. Je n'osais pas frapper à votre porte.

D'un geste, elle lissa ses cheveux vers l'arrière, dégageant son fin visage.

— Ne vous excusez pas ! répondit Clément. Vous êtes presque chez vous.

Sans relever ses propos, Martha regarda autour d'elle. La pièce principale ne comportait que le strict minimum : une table, des chaises et un buffet. Seule une cheminée à l'âtre noirci était bordée d'un beau linteau de pierre supportant quelques ustensiles. Mais son regard fut attiré à l'autre bout de la salle, où siégeait un meuble en bois aux rayonnages couverts de livres. Elle marcha vers eux :

— Ces livres sont-ils à vous ?

— J'ai une nouvelle qui risque d'attrister votre futur bonheur, fit Clément sans tenir compte de sa question.

Martha sentait chez cet homme le rejet qu'elle avait déjà ressenti chez d'autres. Elle se tint sur ses gardes.

— C'est dommage, continua-t-il sur un ton narquois, monsieur Sérignac, votre futur mari, vient de perdre son plus gros client. Il s'agit de Leroux, le minotier de Saint-Viance.

— Je suis triste pour lui, répliqua-t-elle aussitôt, et vous devriez l'être aussi !

Clément comprit qu'il n'avait pas intérêt à insister. Elle pouvait se plaindre de son impertinence. Quelle serait alors la réaction de Sérignac ?

— Excusez-moi, se reprit-il.

Martha préféra regagner la porte. Au-dehors, la pluie tombait toujours, mais cela n'avait plus d'importance :

— Merci pour votre obligeant accueil, lâcha-t-elle avant de sortir en courant.

Clément la vit longer des arbres, au-dessus desquels l'orage tournait toujours. En quelques secondes, elle disparut sous le rideau de pluie qui drapait la vallée.

Un remords traversa le métayer. Il s'en voulait d'avoir été déplaisant. Sur la table, la lettre du minotier traînait encore ; il la déplia et, pour la énième fois, la relut.

4

Indifférent aux aléas du temps, André Leroux s'assit à sa place habituelle dans la salle à manger. Les *tourtous* cuits par sa femme exhalaient un parfum suave et appétissant. Selon un indéfectible rituel, Thérèse servit son mari attablé.

— Ça sent bon ! commenta-t-il, le chapeau sur la tête, les pouces glissés sous ses bretelles.

Elle remplit son verre de vin avant de s'installer en face de lui. Par la fenêtre, elle vit que le ciel se débarrassait peu à peu de ses nuages noirs. A la place, la lumière orange du crépuscule barrait l'horizon.

— Je me demande quelle tête il va faire ! s'exclama soudain le minotier.

Durant les repas, Thérèse avait l'habitude de l'écouter d'une oreille distraite. La seule mission qu'elle s'imposait consistait à aller chercher les plats et à surveiller le service pour qu'il n'ait pas besoin de se déplacer. Leur vie commune entrait dans sa vingt-troisième année. Cela faisait presque un an, jour pour jour, qu'ils avaient marié leur fille unique au boulanger de Meymac. Un beau mariage dont tout Saint-Viance se souvenait encore. « Leroux a peut-être un fichu caractère, racontait-on, mais il sait recevoir ! »

Maintenant, sa fille partie, le minotier pensait de plus en plus à revendre son affaire. Seule ombre au tableau : les trois ouvriers qu'il employait et qui tentaient de l'en dissuader par crainte du chômage.

— As-tu entendu ce que j'ai dit ? reprit-il en fixant son épouse d'un œil agacé.

— Bien sûr ! s'empressa-t-elle de répondre, de peur qu'il ne se laisse aller à l'une de ces colères qui la terrorisaient. Mais de qui parles-tu ?

— De Sérignac, voyons ! J'ai averti son métayer par lettre recommandée que je n'achetais plus son blé. A cette heure, il a dû mettre son patron au courant.

Thérèse sursauta. Quelle mouche piquait donc son mari pour qu'il mette fin à une collaboration vieille de vingt ans ?

— Quelle drôle d'idée ! s'insurgea-t-elle. Il a toujours été correct avec nous, non ?

— Il devient trop cher et je respecte la mémoire de sa femme, c'est tout. Attendre dix ans pour la remplacer par une Allemande, ça mérite une sanction.

— Elle est jolie, paraît-il, et il a l'air très amoureux. Après tout, n'est-il pas légitime qu'il envisage de se remarier après un si long veuvage ?

— Tu es bien une femme ! Tu ne vois que le côté sentimental. Je lis les journaux et j'écoute la TSF tous les jours. Hitler est en train de réarmer l'Allemagne. Pourquoi, à ton avis ? Ne m'oblige pas à te rappeler une période noire dont nous portons encore tous les séquelles.

— La guerre, dit Thérèse, ce sont les hommes qui la font.

Leroux enfonça un coin de sa serviette de table dans l'échancrure de sa chemise ouverte, puis commença à manger en marmonnant.

— De toute façon, ce n'est pas ton affaire, jeta-t-il avant d'allumer le poste de radio qui siégeait sur la nappe, à côté de lui.

Après quelques grésillements, une voix nasillarde annonça que la chronique du soir était consacrée au défilé des Croix-de-Feu à Paris.

— Je vais chercher le fromage, fit Thérèse en se levant.

Dans la cuisine, en déposant le fromage de chèvre sur une assiette, elle soupira. Depuis son mariage, elle avait appris à satisfaire les désirs de son époux et se privait souvent pour ne pas le contrarier. Elle savait qu'on la trouvait « effacée, soumise », mais ses voisines ne l'étaient-elles pas autant ? Cette Martha dont elle ne parvenait pas à retenir le nom de famille avait quelque chose qui la fascinait. Elle l'avait aperçue sur le marché d'Objat. Sa beauté, ses vêtements à la mode, son allure la subjuguaient. Pendant que les commères critiquaient ses tenues ou sa liberté, inventant mille rumeurs sur son compte, Thérèse nourrissait pour elle une admiration sans faille que même les propos acerbes de son mari n'entamaient pas.

Elle retourna dans la salle, plaça le fromage devant André qui paraissait accaparé par les nouvelles. Il en découpa un morceau dans lequel il planta la pointe de son couteau pour le porter à sa bouche.

Thérèse n'avait plus faim. Il lui semblait que le jour traînait. A présent, le ciel entier se teintait de lueurs rougeoyantes. Elle eut envie d'aller dormir, de retrouver sa chambre, loin des bruits de la radio et des commentaires de celui dont elle partageait la vie.

Furtive, elle quitta la table. L'escalier grinça avant que la porte de la chambre ne se referme.

— Thérèse ! s'écria alors Leroux, qui va débarrasser la table ? Je dois vérifier les comptes.

— Tu n'as qu'à le faire ! rétorqua-t-elle tout bas comme si elle redoutait qu'il l'entende.

Le lit était proche, elle s'assit dessus, éreintée par une fatigue qu'elle ne comprenait pas. Là, sans pouvoir se retenir, elle fondit en larmes.

Un matin maussade suivit la nuit. Dès six heures, la route qui menait à Objat fut prise d'assaut par quelques voitures, des carrioles et même des bicyclettes. Toutes convergeaient vers la bourgade et son marché réputé.

A Vignols, Martha fut la première à s'éveiller. Les bruits de charrettes mêlés aux cris des volatiles et à ceux des conducteurs la tirèrent de son lit. Elle avait dû dormir deux heures tout au plus. Comment d'ailleurs s'abandonner au sommeil après la soirée de la veille ?

Voilà quelques jours qu'elle était ici, loin de Paris. A bien des égards, cet endroit évoquait les environs de la Forêt-Noire où elle passait ses vacances de petite fille. Il correspondait aussi à son goût pour la nature et cette vie sans artifice à laquelle elle aspirait. Pourtant, malgré le charme de Vignols, les questions ne manquaient pas. Elle avait encore quelques articles à traduire pour *Moderne*

Frau[1], le journal mensuel qui l'employait. Le temps pressait mais depuis la veille, l'atmosphère pesante de la maison l'empêchait de se mettre au travail. Les allées et venues de Louis, ses claquements de porte, ses éclats de voix quand il avait reçu son métayer, tout s'était conjugué pour ternir la journée. Jusqu'au soir, Sérignac s'était enfermé dans son bureau pour ressasser un évident mécontentement. Il en était sorti pour le repas du soir, les traits toujours marqués par la mauvaise humeur. En s'excusant de ne pouvoir avaler la moindre bouchée, il avait juste mentionné que des ennuis le tracassaient. Entre deux portes, Albert avait confirmé à Martha ce qu'elle savait déjà : le désistement du minotier et les pertes qui allaient en résulter.

« Ce n'est pas si grave, avait-elle objecté, il va retrouver un autre acheteur. »

Mais le domestique avait secoué la tête avant de baisser la voix :

« Il y a tant de choses que vous ignorez, Mademoiselle… »

---

1. *La Femme à la mode.*

Debout devant sa fenêtre, Martha repensait à cette scène. La phrase énigmatique d'Albert avait ouvert une brèche dans l'avenir dont elle rêvait. Des ombres commençaient à surgir. Le temps du bonheur idyllique s'éloignait déjà. Dans son cercle d'amies parisiennes, une fois sa liaison officialisée, beaucoup l'avaient félicitée en lui promettant une vie de château. On lui conseillait d'arrêter son métier de journaliste-traductrice, peu payé et aléatoire. A trente-quatre ans, elle pouvait même avoir un enfant. Quel meilleur avenir espérait-elle, alors que dans son pays, il n'y avait place que pour le réarmement et une politique qu'elle abhorrait ?

La voix de Blanche interrompit ses réflexions :

— Le petit déjeuner est prêt. Monsieur vous attend.

Fidèle à elle-même, la servante obéissait au même cérémonial. Pas de bonjour ni de formule de politesse, l'invitation suffisait. Martha répondit par un bref merci avant de choisir quelques affaires, puis elle alla s'enfermer dans la salle de bains.

Dix minutes plus tard, elle prenait le chemin de la salle à manger. Au premier coup d'œil, elle comprit que Sérignac était dans le même état que la veille. Le front soucieux, il tapotait nerveusement la table.

— J'espère que je ne vous ai pas fait attendre ! lança-t-elle.

Un sourire détendit enfin les traits de son compagnon :

— Tu es le soleil de cette matinée !

Le tutoiement la désarçonna. Peut-être fallait-il mettre sa nouvelle façon de communiquer sur le compte du désarroi ? Elle préféra s'asseoir en face de lui sans rien dire.

— C'est incroyable ! continua-t-il, avec ton visage sans fard et tes cheveux encore mouillés, tu ressembles à une gamine de vingt ans ! J'ai eu une très mauvaise nouvelle hier, enchaîna-t-il aussitôt. Pardonne-moi si je ne suis pas attentif ou prévenant en ce moment.

— Je sais.

Sa réponse ne le surprit pas. Entre Blanche et Albert, tout circulait dans cette maison. L'un ou l'autre avait dû entendre sa conversation avec Jacques. Il finit sa tasse de café puis se redressa sur son siège.

— Je vais devoir m'absenter un jour ou deux pour aller prospecter dans la région. J'ai quelques noms et des adresses, mais la période n'est pas favorable à ce genre de transaction. Le gouvernement envisage même de restreindre la production de blé. Les discussions s'annoncent difficiles.

Il grimaça avant de se lever :

— Il est préférable que tu restes ici. Ce ne sera pas un voyage d'agrément.

Son regard s'assombrit. Il redoutait qu'elle ne s'enfuie. Puisque l'avenir doré qu'il lui avait décrit pour mieux la décider à le suivre se fissurait comme un mur qui se lézarde, elle était en droit de quitter les lieux et de repartir pour Paris.

Comme si elle devinait ses doutes, Martha le rassura :

— Je t'attendrai.

Soulagé, il contourna la table pour l'embrasser sur le front.

— Tu devrais aller au marché d'Objat, c'est une bonne distraction. D'ailleurs je peux t'y conduire, puisque je prends la direction de Brive…

Elle avait une autre idée en tête et déclina son offre en prétextant qu'elle n'était pas encore prête. Dans sa hâte de dénicher un nouveau minotier, Sérignac n'insista pas. Il donna quelques instructions à Albert puis, un petit bagage à la main, se dirigea vers sa voiture garée dans l'allée du parc. Martha le suivit. Quand les pneus crissèrent sur les graviers, elle vit la main de Louis s'agiter par la vitre avant qu'Albert ne referme la grille. Le silence retomba. Avec ce départ, elle sentit que quelque chose en elle venait de changer. Pour la première fois, le temps lui était compté. Elle se dépêcha de revenir vers la salle à manger. Sur la commode, la photo d'Amélie était toujours là, cachée par le bouquet de lys qui achevait de se faner. D'un coup sec, elle ouvrit le cadre.

5

En pédalant vers Vignols, Thérèse sentait la pluie fine battre son visage. Devant elle, la route devenait luisante, plus dangereuse avec les véhicules de toutes sortes qui s'agglutinaient en files ou côte à côte, gênant le passage.

Les jours de marché se ressemblaient tous. A chaque fois, c'étaient le même déferlement en direction d'Objat, les mêmes coups de klaxon et la cacophonie de cris et de piaillements qui s'entendaient à des lieues à la ronde. Mais aujourd'hui, cette agitation lui pesait. Même les quolibets des gamins à la vue de sa jupe soulevée par le vent l'irritaient plus que d'habitude. Voilà longtemps qu'elle n'avait pas ressenti au fond d'elle une telle colère, un tel écœurement.

En une soirée, sa vie avait pris un autre cours. Comment André avait-il pu ainsi se séparer de Louis Sérignac, après une collaboration vieille de vingt ans, dont il n'avait qu'à se louer ? A chaque Noël, à chaque retour de chasse, « le châtelain », comme on le surnommait, n'avait jamais oublié d'offrir une volaille, un lièvre ou quelques bonnes bouteilles. Pour elle, c'était pire qu'une trahison, et le motif que le minotier invoquait redoublait son aigreur. Elle zigzagua sur la route comme si elle était seule. Une voiture qui roulait en sens inverse l'évita de justesse. Elle eut le temps de se rabattre mais la roue avant de son vélo dérapa, déstabilisant l'engin qui l'entraîna dans une chute incontrôlable. Le conducteur arrêta son véhicule pour se précipiter vers elle. Sa vue le pétrifia :

— Madame Leroux !

Thérèse s'était déjà relevée. Sa jupe déchirée pendait sur un côté, mais par chance elle n'avait que des égratignures.

— Bonjour, monsieur Sérignac, articula-t-elle, aussi surprise que lui. Tout est de ma faute, j'étais distraite.

— Si vous persistez à rouler comme ça, vous n'irez pas loin !

Il n'avait pas envie de s'attarder et, sans la saluer, s'engouffra dans sa voiture.

Alors que le moteur ronflait, mue par une impulsion soudaine, elle se rua vers la Citroën pour s'agripper au bord de la vitre baissée :

— Je ne suis pour rien dans la décision d'André ! Croyez-moi, je vous en prie. Je ne souhaite que votre bonheur.

— Il y a d'autres minotiers, rétorqua Sérignac. Je n'ai pas besoin de lui pour vivre. Ecartez-vous ! Je suis pressé.

La voiture démarra, obligeant Thérèse à lâcher prise.

— C'est à cause d'Amélie, cria-t-elle, vous le savez bien !

La Citroën s'éloigna. D'un pas vacillant, elle se dirigea vers son vélo, l'enfourcha de nouveau. Vignols n'était plus très loin.

Après avoir évité l'encombrement qui envahissait les alentours d'Objat, Louis Sérignac prit la direction de Brive en empruntant une route vallonnée. Les mains crispées sur le volant, il regardait droit devant lui, content d'avoir enfin dépassé la bourgade et son animation hebdomadaire. Dans un réflexe machinal, ses yeux tombèrent sur l'indicateur de vitesse : l'aiguille oscillait autour des cent kilomètres-heure. Stupéfait, il leva le pied, le front moite. Avec cette chaussée glissante, un rien aurait suffi pour qu'il perde le contrôle de sa voiture. Il décida de s'arrêter dans un petit chemin de traverse pour respirer. Sa rencontre malencontreuse avec Thérèse Leroux était la cause de son énervement. Il avait appuyé sur l'accélérateur sans s'en rendre compte. Dans le fond, pourquoi se dépêchait-il ainsi ? Sa main fouilla l'une de ses poches, il sortit une cigarette, ouvrit la boîte à gants pour prendre son briquet. La première bouffée le détendit. Il baissa un peu la vitre. Autour de lui, de grands arbres bordaient le chemin creux. Des gouttes de pluie tombaient des feuilles et se répandaient sur le sol où des flaques commençaient à se former. Le visage de Martha surgit devant ses yeux. Leur dispute de la veille lui revint en mémoire. C'était la première fois qu'ils s'accrochaient ainsi. Sa gorge se serra, il manquait d'air. A qui confier ses problèmes d'argent et la surprenante dérobade de Martha ? Il connaissait l'hostilité de Blanche envers elle ; quant à Jacques Clément, à cause de son tempérament taciturne, il n'avait jamais été un confident. Il entrouvrit la portière, inspira l'air frais et humide qui montait de la terre. Aucune des femmes qu'il avait fréquentées avant Martha n'aurait fait obstacle à sa demande en mariage. Au contraire, il avait eu le plus grand mal à leur faire admettre qu'il lui fallait du temps avant d'envisager une union. La plupart d'entre elles s'étaient lassées ; quant aux autres, il les avait renvoyées sans égard pour leur colère ou leurs pleurs. Il avait fini par traverser les années en se disant qu'il préservait Alban, alors qu'il ne préservait que lui-même. Aujourd'hui, comment s'expliquer l'hésitation de la jeune femme ? Elle lui demandait d'attendre, de ne pas s'emballer, de vivre d'abord un peu ensemble avant de s'engager de manière définitive.

L'averse se terminait. Une trouée de ciel bleu apparut au-dessus des arbres. Il n'avait pas envie de repartir tout de suite et jeta sa cigarette dans la boue où elle s'éteignit. Martha n'avait pas conscience que son attitude la rendait encore plus désirable. C'est parce qu'elle lui tenait tête qu'il craignait si fort de la perdre. Naïf, il avait cru qu'une fois sur ses terres, au cœur de son domaine, elle succomberait tout de suite aux charmes de cette vie champêtre qu'elle aimait, loin des soirées parisiennes qui l'ennuyaient souvent. Il lui offrait de tout partager et voilà qu'elle tergiversait, louvoyait, repoussant même à plus tard l'enfant qu'il désirait avoir avec elle.

« Et Alban ? Vous oubliez Alban », avait-elle tenté d'argumenter.

Décontenancé par ses réponses et la visite de son métayer, il avait préféré s'enfermer dans son bureau puis dans sa chambre, laissant Martha passer la soirée et la nuit seule.

Une tristesse le prit.

Il se réinstalla dans sa voiture. Un bruit l'avertit qu'un animal effrayé devait se faufiler dans les buissons. Il eut juste le temps d'apercevoir une boule de fourrure claire qui bondissait à travers les taillis. Un lapin ou un lièvre s'enfuyait vers les bois. Comme il ne pleuvait plus, il alluma son moteur puis se pencha vers sa boîte à gants pour parcourir la carte routière qui s'y logeait. L'endroit où il se rendait était un lieu-dit, non loin de Brive. Bien que fin connaisseur du pays, il préférait vérifier son itinéraire. Sa main emprisonna la carte et la tira. Mais son geste sans doute un peu brusque entraîna dans son sillage un paquet qui atterrit sur le sol.

Il le ramassa et s'aperçut qu'il s'agissait de lettres pliées, retenues par un lien.

Au même instant, quelqu'un cogna contre la vitre et le visage buriné d'un homme avec une casquette apparut :

— Excusez-moi ! vous en avez encore pour longtemps ? C'est mon chemin, ici. Je vais porter du foin à mes bêtes.

Petit, la mine renfrognée, il n'avait pas l'air content. Dans son rétroviseur, Sérignac vit la charrette attelée qui attendait sur le côté.

— J'ignorais que l'endroit était privé, s'excusa-t-il.

L'autre avait déjà reculé et contemplait la voiture, la mine tout à coup béate.

— C'est la première fois que j'en vois une comme ça ! s'exclama-t-il. Ne seriez-vous pas le châtelain de Vignols ou l'un de ses parents ?

Sérignac fit un créneau avec application, puis il passa la tête par la portière.

— En effet, vous avez bien deviné.

Le paysan souleva sa casquette, un sourire édenté fendit sa bouche.

— Je n'avais pas l'honneur de vous connaître mais j'ai entendu beaucoup de bien de votre épouse défunte, madame Amélie. Ma femme est allée assister au service religieux qui vient d'être célébré en sa mémoire.

Sérignac le gratifia d'un bref merci tandis qu'il continuait à tourner autour de la voiture. Lassé, il embraya mais le paysan, la mine rouge et les yeux plissés, se planta devant la Citroën, l'obligeant à piler.

— Qu'est-ce qui vous prend ? s'écria Sérignac. Ecartez-vous ! Sinon je vais vous renverser.

Avec une évidente mauvaise volonté, l'homme obéit. Sérignac en avait assez, il s'arrangea pour frôler le gêneur qui dut faire un bond en arrière.

— Ça ne me regarde peut-être pas, cria ce dernier, mais avec certaines de vos fréquentations, on dit que vous l'avez enterrée deux fois !

Ce coup-ci, la voiture freina pour de bon. L'envie d'aller régler son compte à cet impudent titilla son propriétaire. Au dernier moment, il se souvint de ses joues violacées et de ses yeux brillants. Selon toute vraisemblance, il avait bu. Dans son rétroviseur, il le vit entrer dans le chemin avec une démarche de guingois qui confirma ses soupçons. Son pied enfonça de nouveau l'accélérateur. Après une embardée, la voiture prit de la vitesse, projetant le paquet de lettres oublié contre le siège.

6

La photo d'Amélie retomba sur les genoux de Martha. L'inscription qui figurait au dos du cliché n'était que le cachet du photographe. Avec son métier, elle avait trop l'habitude de manipuler des photos pour ne pas s'apercevoir que la moindre imperfection de ce visage avait été gommée. Quelque chose au fond d'elle s'accrochait malgré tout. Il lui semblait qu'un mystère entourait ce portrait. Cette femme n'avait pas dû avoir une vie ordinaire. Le souvenir qu'elle laissait derrière elle, dix ans après sa mort, en témoignait. Tous ceux qui l'avaient connue dans cette maison ou dans le village la portaient encore dans leur mémoire... Elle glissa la photo dans son cadre puis replaça le tout sur la commode. A présent, elle en était certaine ; tant qu'elle n'aurait pas reconstruit l'itinéraire de celle qui l'avait précédée, jamais elle ne pourrait épouser Louis. D'ailleurs, celui-ci refusait d'en parler, éludait les questions comme s'il cherchait à nier un passé qui le poursuivait encore.

Sans prévenir, Blanche fit irruption dans la pièce et se mit à débarrasser la table.

— Pourquoi n'avez-vous pas frappé à la porte ? demanda Martha.

— Je ne savais pas que vous étiez là.

Ni son ton ni son attitude ne prêtaient à confusion. Pour elle, Martha n'était toujours qu'une intruse.

— Ne croyez-vous pas qu'il vaudrait mieux que nous tentions de nous entendre ? Je suis sûre que cela facilitera les choses entre nous…

Blanche qui était en train de ranger les tasses et les couverts sur un plateau ne broncha pas. Elle s'enfermait dans son inimitié comme derrière un mur. Au bout de quelques secondes, elle finit par relever la tête pour regarder par la fenêtre :

— Tiens ! On dirait madame Leroux…

Cette visite tombait à point pour dissiper le malaise qui grandissait. Elle s'empressa de repartir avec son plateau rempli, en espérant recevoir elle-même la visiteuse.

Martha la suivit de loin sans manifester sa réprobation. Au nom de quoi, d'ailleurs, pouvait-elle protester ? Louis absent, l'atmosphère de cette maison devenait irrespirable. Il n'y avait pas d'échappatoire. Elle se retrouva dans le couloir au moment où Blanche ouvrait la porte.

Thérèse Leroux salua la servante d'un bonjour laconique puis s'adressa tout de suite à Martha :

— Serait-il possible de vous parler ?

— Bien sûr. Allons dans le salon, nous y serons mieux.

Thérèse ne se fit pas prier. Sans égard pour Blanche et sa bouche pincée, elle obéit à Martha et entra dans la pièce.

Elle avait dû venir ici deux ou trois fois, longtemps auparavant, mais l'impression que rien n'avait changé, qu'aucun bibelot, aucun meuble n'avait été déplacé lui sauta aux yeux. Martha l'invita à s'asseoir.

— C'est étrange, dit Thérèse en prenant place dans un fauteuil. Pardonnez-moi, mais je sens si fort sa présence…

A son sourire gêné et à sa rougeur, la jeune femme comprit qu'elle évoquait Amélie Sérignac.

— Puis-je vous offrir à boire ? demanda Martha dans l'espoir de la détendre un peu tant elle semblait crispée.

Il était difficile de lui donner un âge. Avec ses cheveux bruns parsemés de fils gris, sa silhouette plutôt maigre et ses rides d'expression, elle paraissait proche de la cinquantaine, à moins qu'elle ne fût usée par une vie trop dure.

— Non, merci, répondit Thérèse, je ne peux pas rester longtemps.

Elle se mit à triturer ses mains, osant à peine lever les yeux. Malgré sa nervosité, quelque chose de touchant émanait d'elle.

— Je suppose que vous étiez très attachée à madame Sérignac ? questionna Martha qui espérait en apprendre plus.

— Je suis ici à cause de mon mari, rectifia Thérèse avant de déglutir avec peine puis de toussoter.

Un pichet d'eau avait été oublié sur la table, Martha le prit, ouvrit le bahut en noyer qui contenait la vaisselle de réception et saisit deux verres en cristal :

— Buvez donc un peu ! proposa-t-elle en lui tendant l'un des verres.

Thérèse Leroux jeta un coup d'œil admiratif sur les fines ciselures dorées qui l'ornaient tandis que Martha pouffait :

— C'est tout ce que j'ai trouvé. Il est vrai que cela fait chic pour de l'eau du robinet !

Sa remarque fit rire Thérèse qui se détendit :

— Vous êtes si belle, dit-elle alors, il va vous falloir du courage et de l'obstination pour vivre ici. En tout cas, vous pouvez compter sur moi ; grâce à vous, j'ai ouvert les yeux.

— Mais nous ne nous connaissons pas !

— Comme vous le savez sans doute, mon mari ne veut plus de Louis Sérignac comme client. Il ne m'a pas consultée et m'a mise au pied du mur alors que je travaille avec lui depuis toujours.

Tout à coup, elle s'anima, posa son verre sur un guéridon proche de son fauteuil. Son regard s'intensifia.

— Combien de fois ai-je conduit le camion plein de grains, payé les ouvriers, tenu les comptes ? Et je devais en plus m'occuper de notre fille, l'élever, préparer les repas. Jamais il ne m'a dit merci, ni même demandé comment je me portais. J'ai passé vingt-deux ans à me taire, à subir ses accès de mauvaise humeur, à trembler, de peur qu'il ne me rabroue. Vous m'avez délivrée. Vous êtes un modèle pour moi. Votre liberté, votre indépendance me fascinent.

Sa voix monta d'un ton, elle joignit les mains, emportée par une sorte de ferveur :

— Battez-vous ! Ne les laissez pas vous étouffer comme je l'ai été !

Puis sa voix se brisa, elle parut s'affaisser :

— Et comme le fut cette pauvre Amélie.

Suspendue à ses lèvres, Martha ne bougeait plus.

— Elle n'a même pas pu vivre ses choix jusqu'au bout, murmura encore Thérèse avant de se moucher bruyamment.

En voulant la réconforter, Martha se leva du fauteuil où elle avait pris place. Son mouvement trop brusque fit tomber le verre d'eau qu'elle avait placé sur le rebord du siège. Il éclata en mille morceaux sur le sol.

Alerté par le bruit, Albert apparut.

— Mon Dieu ! s'exclama-t-il en découvrant les dégâts, un verre en baccarat, une pièce unique ! Il ne fallait pas vous en servir ! Blanche ! appela-t-il, apportez vite le balai et de quoi ramasser !

Martha se sentait comme une petite fille prise en faute. En même temps, elle jugeait déplacé qu'Albert se permette de la réprimander. Elle fit face à Blanche qui les rejoignait avec un air rébarbatif.

— Gardez vos commentaires ! ordonna-t-elle, sinon, je vous assure que vous vous en repentirez.

La servante allait répliquer lorsque Albert l'obligea à se taire :

— Enlevez tout cela le plus vite possible, voyons ! On risque de se blesser.

En marmonnant, Blanche s'agenouilla, puis commença à balayer. Martha en profita pour faire un signe à Thérèse et les deux femmes quittèrent la pièce.

Dans le couloir, l'épouse d'André Leroux s'excusa :

— Tout ceci est de ma faute, je n'aurais pas dû venir. Mais j'avais tellement envie de vous rencontrer…

Martha l'embrassa sur une joue :

— Vous n'êtes fautive de rien. Au contraire, votre amitié me va droit au cœur. Nous sommes alliées maintenant.

La femme du minotier emprisonna ses mains dans les siennes et les pressa :

— J'ai quarante et un ans. Je sais que j'en parais beaucoup plus. Si j'avais votre jeunesse, votre vitalité, j'aurais pu me séparer d'André sans prêter attention aux médisances. J'ai vécu à ses côtés alors que je ne l'aimais pas. A présent, il est trop tard. Où me réfugier ? Comment vivre ? Je n'ai qu'une solution : rester, malgré moi.

Elle desserra son étreinte, ses bras retombèrent :

— Amélie a eu plus de chance, la mort l'a délivrée.

— Que voulez-vous dire ?

Thérèse se troubla. Elle balbutia quelques mots inaudibles puis ouvrit la porte :

— Je dois me rendre au marché. Merci pour votre accueil, et peut-être à bientôt ?

Sans perdre une minute, elle se faufila au-dehors, reprit son vélo et l'enfourcha.

Secouée par sa visite, Martha demeura un long moment sur le seuil de la maison.

Quand elle se détourna, la bicyclette et sa passagère avaient disparu depuis longtemps.

7

Assis au volant de son tracteur, Emile Jourdan lorgnait vers le ciel. Le temps semblait redevenir chaud et sec. Les hirondelles et les passereaux volaient haut, annonçant le retour du beau temps. L'envie de fumer une cigarette le fit s'arrêter. Il tâta l'une des poches de son pantalon : sa blague à tabac était en bonne place. Rassuré, il descendit de son siège avec mille précautions. Ses efforts furent vains. Il ne put éviter une grimace de douleur.

A près de soixante ans, ses genoux avaient perdu de leur souplesse. Il avait beau voir le rebouteux, ce dernier ne pouvait guère faire de miracles : « L'âge est là, disait-il, c'est comme ton tracteur. Même si on lui met des pneus neufs, il ne roulera pas plus vite. »

Avec fatalité, Jourdan frotta son genou puis entreprit de se confectionner une cigarette. Le tracteur qu'il empruntait de temps en temps appartenait à son fils aîné, qui possédait une ferme à quelques kilomètres de Meyssac. Après avoir connu la charrette ou la carriole, conduire un tel engin était un plaisir dont Jourdan ne se lassait pas. Il porta le fin papier à sa bouche pour l'humecter mais dut s'y reprendre à deux fois avant de maîtriser un rire plus fort que lui.

— Nom de nom ! jura-t-il, hilare, trois cents francs le quintal, c'est pas du blé, c'est de l'or en barre !

En dépit de son mal au genou, il n'était pas près d'oublier le rendez-vous qu'il venait d'avoir. Ce Sérignac ne manquait pas d'audace. Si sa prestance et sa belle voiture avaient impressionné les habitants du village, massés dans les champs en cette période de moissons, le prix de son blé était plutôt rédhibitoire. En fin connaisseur sous des dehors de vieux paysan roublard, Jourdan n'avait pas cédé au charme ni aux avances du grand bourgeois.

Il y repensait encore près de sa plantation de pommiers, qu'il visitait chaque jour.

A présent, son moulin tournait au ralenti. Si les effets de l'âge n'étaient pas étrangers à l'affaire, il y avait surtout l'intérêt de son fils cadet pour le patrimoine familial.

Avec lui, le moulin hérité des arrière-grands-parents trouvait un digne propriétaire.

Du coup, Jourdan avait de moins en moins son mot à dire, sauf pour l'achat du blé qu'il savait négocier mieux que personne.

Un rire le secoua de nouveau jusqu'à ce qu'il réussisse à allumer sa cigarette. Il imaginait la tête de ses fils quand il leur raconterait l'anecdote. A ce prix-là, Sérignac n'aurait aucun acheteur. Il n'avait plus qu'à céder son blé à une coopérative. Sa cigarette au coin de la bouche, il déambula le long de ses rangées de pommiers. Les oiseaux n'avaient pas fait trop de ravages, il estima qu'un ou deux épouvantails de plus devraient achever de les tenir à distance. Dans le champ d'à côté, des vaches et des veaux paissaient près d'un ruisseau qui ne charriait qu'un mince filet d'eau, en cette saison. Il alla inspecter la clôture. Un accident pouvait vite survenir. Combien de fois déjà des vaches avaient-elles été découvertes étouffées, une pomme coincée dans le larynx ? Ces vérifications effectuées, il s'apprêtait à faire demi-tour lorsqu'il aperçut la Citroën de Sérignac, garée en bordure de son champ, et son propriétaire qui marchait de long en large devant elle.

Jourdan s'avança :

— Avez-vous oublié quelque chose ?

Sérignac avait enfoui les mains dans les poches de son pantalon gris clair. Son air tendu ne trompait pas. Il attaqua sans perdre une seconde :

— Quelle serait votre dernière proposition pour mon blé ? Il faut qu'on discute encore.

Le mégot entre les lèvres, Emile Jourdan poussa son chapeau vers l'arrière. Le jeu virait à son avantage. Ses yeux chafouins fouillèrent le sol comme s'il cherchait une inspiration. Las de ces transactions qui n'aboutissaient pas, Sérignac l'observait, prêt à abdiquer.

— Je ne peux vous en offrir que quatre-vingts francs le quintal, lâcha Jourdan, la tête toujours inclinée.

— Mais c'est une escroquerie !

— Vous pouvez encore refuser, répondit l'autre sans se démonter.

A l'aide de son mouchoir, Sérignac tamponna les gouttes de sueur qui perlaient sur ses tempes. Il regrettait de n'avoir pas envoyé Jacques Clément à sa place. Cette sale besogne pesait trop lourd. Jamais il n'aurait imaginé qu'elle se déroulât ainsi. Il avait déjà essuyé deux refus et voilà que ce Jourdan se moquait de lui. Une fatigue subite s'abattit sur lui. La reculade de Martha, les incertitudes de son fils qui risquait un échec à sa licence en droit et maintenant ces négociations sordides, tout concourait à lui gâcher un été qui s'annonçait pourtant sous les meilleurs auspices. Il se dirigea vers la portière de sa voiture, l'entrouvrit mais au dernier moment se ravisa.

— Bon ! Vous avez gagné. J'en ai assez. Signez-moi un papier et ce blé est à vous !

Jourdan ne s'attendait pas à un tel revirement.

— Il va falloir qu'on aille jusqu'au moulin, dit-il, je n'ai pas de papier ni d'encre sur moi.

Sérignac rentra dans sa voiture pour s'emparer du porte-documents qu'il avait emporté. Sur le plancher, les lettres tombées de la boîte à gants étaient toujours là. Il voulut les examiner mais le meunier qui s'était approché le regardait. Alors, il sortit de son véhicule, étala une feuille de papier sur le capot puis écrivit. Quand ce fut à son tour de signer, Jourdan inspecta sous toutes les coutures le stylo à encre que son vendeur lui tendait. Il n'avait jamais vu un tel objet. Prudent, il relut à deux reprises ce qui était inscrit avant d'apposer sa signature au bas de la page. Comme il désirait avoir un double, Sérignac dut s'exécuter une seconde fois en maugréant. La transaction finie, le meunier expliqua qu'il viendrait chercher le blé à la fin du mois d'août et donnerait l'argent à ce moment-là. Peine perdue, Sérignac ne l'entendait déjà plus. Il avait empoché l'une des feuilles et remontait dans sa voiture, ébranlé par ce qui sonnait pour lui comme une terrible défaite. En un quart de seconde, il salua son interlocuteur d'un rapide au revoir puis reprit la route en sens inverse.

Quand il jugea être assez loin, il ralentit l'allure pour s'arrêter de nouveau. Là, il saisit enfin le paquet de lettres qui gisait sur le sol, entouré par un ruban à la couleur indécise, et l'examina. Il s'agissait d'une dizaine d'enveloppes jaunies, certaines tachées d'encre. Il déplia la première et commença à la lire. Aussitôt, l'impression de suffoquer lui fit baisser une vitre de sa voiture. Il s'appliqua à inspirer une grande bouffée d'air frais. Qui avait déposé ces lettres ici ?

Elles provenaient toutes d'Amélie. Il les connaissait trop bien, ces feuilles écrites peu avant sa mort. A l'époque, elle les glissait sous la porte de sa chambre. Leur couple battait de l'aile mais qui d'autre, à part eux, était au courant ? Il n'avait jamais pensé à les détruire et les croyait en sûreté dans un tiroir de son bureau, fermé à clef. Quelqu'un les avait mises exprès à portée de sa main pour qu'il les retrouve. Etait-ce Alban ? Il venait si rarement à Vignols et pour si peu de temps que cela lui parut improbable. Empoignant le paquet, il sortit de sa voiture. Le clapotis d'un cours d'eau qui coulait au fond d'un ravin l'alerta. A cet endroit, l'un des bras de la Tourmente devait s'engager jusqu'ici avant de se jeter dans la Surdoire. Entre les arbres, il inspecta la pente qu'il fallait descendre pour atteindre l'eau. Ses chaussures de ville n'étaient guère appropriées à ce genre d'exercice, surtout après la pluie qui venait de tomber. Il allait renoncer, lorsqu'une charrette transportant trois occupants passa près de lui. Peu après, ce fut le tour de deux cyclistes. La route qu'il avait choisie était assez fréquentée en cette fin de matinée, mieux valait ne pas se faire remarquer.

Il s'accrocha à la branche d'un jeune chêne et entreprit de glisser vers la rivière. L'exploit se révéla moins rude qu'il ne pensait. Des aspérités lui servant de points d'appui, il parvint rapidement au bas du ravin et regarda autour de lui : des broussailles et des arbustes empêchaient tout feu, même de petite importance. Le moindre vent pouvait en effet déporter une flammèche et provoquer un feu. Il se baissa et préféra déchirer les lettres une par une avant de les jeter dans l'eau.

Un peu plus tard, quand il reprit place dans sa voiture, il se souvint qu'étant enfant, il aimait jouer avec des papiers qu'il posait à la surface de l'eau et qu'il s'amusait à suivre le long de la berge, jusqu'à leur disparition. Cette fois-ci, le geste était le même, mais l'enjeu bien différent et les questions chassaient le plaisir. Il n'attendit pas pour démarrer, pressé de fuir les lieux comme s'il avait commis un forfait.

8

La petite place était noire de monde. A côté des étals où s'empilaient pâtés, viandes ou légumes, les poules et les canards s'égosillaient quand on les tirait de leurs cageots, mêlant leurs piaillements aigus aux cris des vendeurs. Au détour d'une allée, un accordéoniste aveugle essayait de joindre sa ritournelle à cette cacophonie. Partout, dans une ambiance bon enfant, on se croisait en se bousculant. Une fois par semaine, Objat et son marché devenaient le grand lieu de rendez-vous du canton.

Martha se faufila parmi les stands, gourmande et réjouie, un panier à la main. Son pantalon clair et son étole soyeuse assortie attiraient les regards. Sa façon audacieuse de s'habiller tranchait sur les jupes et les robes sages des femmes du pays. De temps en temps, elle entendait sur son passage : « C'est l'Allemande », qu'une langue malintentionnée lançait sur un ton plein de sous-entendus. Ces remarques ne l'intimidaient plus, au contraire. Elle se retournait, lorgnait sur la personne avec un sourire de circonstance, achevant de la mettre en déroute. Bien que ce stratagème réussît à chaque fois, ce matin, elle n'avait pas envie de riposter. Malgré le monde, ses yeux cherchaient la silhouette de Thérèse Leroux. Tant de questions occupaient encore son esprit qu'elle s'en voulait de l'avoir laissée filer aussi vite. Au-delà de la solidarité touchante qu'elle lui avait exprimée, cette femme devait connaître le passé de Louis ainsi que celui de son épouse. N'était-ce pas suffisant pour l'interroger ? Elle crut la repérer à plusieurs reprises mais dut déchanter et se retrouva bientôt à l'écart de la place, là où des groupes d'hommes discutaient sur l'achat et la vente de bétail. Ces négociations enflammées ne l'intéressaient guère, elle préférait flâner parmi les stands et les chalands. Déçue de n'avoir pas rencontré Thérèse, elle fit demi-tour. Il n'était que midi et le marché durerait jusqu'au soir. Louis l'ayant prévenue qu'il rentrerait tard ou même le lendemain, rien ne l'obligeait à se dépêcher. Son panier où s'entassaient quelques victuailles à la main, elle s'apprêtait à se glisser à nouveau dans les allées lorsqu'une main la retint par un bras :

— Bonjour, mademoiselle Wieder. Ne vous sauvez pas si vite !

Jacques Clément se tenait devant elle. Les déboires de leur première rencontre lui revinrent à l'esprit. Elle recula, méfiante, prête à s'en aller. Quand il vit son expression et sa façon de maintenir ses distances, il comprit qu'elle était toujours sur ses gardes et tenta de l'empêcher de partir :

— Je suis désolé pour l'autre jour.

Martha balayait le sol du regard. Elle ne savait rien de cet homme, sinon qu'il était employé par Louis.

— N'en parlons plus ! finit-elle par dire pour ne rien envenimer. Pardonnez-moi, mais j'ai encore des courses à faire.

Il s'écarta mais au moment où elle passait près de lui, sa main agrippa le panier qu'elle portait :

— Il est lourd, vous pouvez me le confier, je vous le rapporterai ce soir.

Elle sentit ses doigts frôler les siens et s'arrêta pour le dévisager. C'était la première fois qu'elle le regardait ainsi. Il lui parut plutôt grand, la masse de ses cheveux bruns couronnait des traits assez réguliers. Avec ses yeux verts, il n'avait pas l'aspect d'un homme rustique ou grossier, et pouvait même inspirer une certaine sympathie. Pourquoi aucune femme ne vivait-elle à ses côtés ?

— Je vous remercie, mais je garde mon panier, poursuivit-elle, j'en ai encore besoin. Au revoir, monsieur, à bientôt sans doute.

Elle esquissa quelques pas vers le centre du marché puis, soudain, revint vers lui.

— J'aimerais vous poser une question.

Clément était toujours au même endroit et avait l'air pensif.

— Si je peux y répondre…

— Depuis combien de temps êtes-vous le métayer de monsieur Sérignac ?

— Environ dix ans.

Elle hocha la tête. De toute évidence, il n'avait pas pu connaître Amélie.

— Je vous demandais cela par simple curiosité, précisa-t-elle.

Après un sourire en guise de remerciement, elle s'éloigna pour de bon. Des effluves de *tourtous* chauds se mélangeaient à ceux des viandes et saucisses grillées. La faim la poussa du côté des braseros où l'on cuisait ces denrées appétissantes. Déjà, une file d'amateurs se formait. Elle prit place parmi eux pour attendre son tour. C'est là qu'elle l'aperçut.

Les manches relevées, suant sous la chaleur et la fumée dégagées par les grilles où la pâte gonflait en s'étalant, Thérèse donnait un coup de main à ceux qui travaillaient sous une banderole marquée : « Charcuterie Pujols à Saint-Viance ». Ravie, Martha se précipita vers elle.

— A quelle heure pensez-vous avoir fini ? interrogea-t-elle, impatiente.

— André vient me chercher, je ne suis pas libre.

Devant elle, sur un plat en faïence, les galettes s'empilaient. Une autre femme les enveloppait une par une dans un papier, avant de les tendre aux clients.

La demande s'accroissait, les rires et les réflexions aussi :

— Plus vite ! On a faim, entendait-on.

Martha insista en se penchant au-dessus de l'étal :

— Alors, quand pourrons-nous parler ?

— Je viens ici chaque semaine, expliqua Thérèse en badigeonnant la *galettière* d'huile, je gagne ainsi un peu d'argent, c'est la seule chose qu'André me permet. Sinon, je n'ai pas de temps libre.

Affairée, elle répétait ses gestes avec un automatisme bien rodé. Visiblement, ce n'était pas le moment de la déranger. Martha n'avait plus faim. Un découragement s'abattait sur elle. Même le marché perdait son attrait. Elle était venue persuadée d'apprendre quelque chose de nouveau et voilà qu'il lui fallait encore attendre. Elle s'échappa pour ne pas montrer sa déception. Ce soir ou demain, Louis allait rentrer ; à coup sûr, il réitérerait sa demande en mariage. Comment lui avouer que le souvenir d'Amélie l'obsédait ? Qu'elle voulait reconstituer son histoire et leur passé à tous deux avant d'entreprendre quoi que ce soit ?

— Pourquoi avez-vous l'air si triste ? s'enquit près d'elle une voix féminine qu'elle reconnut tout de suite. Dites-moi au moins ce qui vous tourmente !

Martha sentit qu'on la tirait par la manche. Malgré ses dires, Thérèse avait réussi à la rejoindre.

— Je peux quand même vous consacrer une minute, enchaîna cette dernière en essuyant ses mains sur son grand tablier bleu.

Martha sentit qu'elle devait faire vite.

— J'ai cherché partout dans le cimetière, expliqua-t-elle, je n'ai pas trouvé la tombe d'Amélie. Elle ne porte donc pas le nom de Sérignac ?

— Vous ne devriez pas remuer le passé. Pensez plutôt à l'avenir ! Cette histoire est finie depuis si longtemps.

— Je vous en prie, donnez-moi juste son nom et je ne vous dérangerai plus !

La femme du minotier secoua la tête, quelqu'un la hélait déjà du stand qu'elle venait de quitter.

— Amélie de Saint-Jabreilles, chuchota-t-elle, je vous le dis parce que vous êtes une amie.

Son visage changea de couleur, elle agita la main vers ceux qui l'employaient pour les rassurer.

— Cela ne vous apportera que du malheur, fit-elle encore vers Martha. Ne soyez pas téméraire !

La jeune femme la retint encore par le bras avant d'accrocher son regard au sien :

— Depuis quelques jours, son image me poursuit nuit et jour. C'est comme si elle me demandait de l'aider.

— On me réclame, je ne peux pas m'éterniser. Souvenez-vous d'une seule chose : vous êtes belle, jeune et vivante. Le reste n'a pas d'importance.

Après un signe d'adieu, elle se hâta vers le stand qui ne désemplissait pas.

A présent, plus rien ne retenait Martha à Objat.

Rentrer à pied ne lui faisait pas peur. Les huit kilomètres qui la séparaient de Vignols ne pesaient guère à côté de ce qu'elle venait d'apprendre. Dans sa tête, le même schéma se déroulait sans fin. Ainsi, la veuve de Louis Sérignac reposait dans le petit cimetière sous son nom de jeune fille. Par quel mystère cela était-il possible, et pourquoi ?

Un vent plus frais se levait. Elle eut peur qu'il amène la pluie en déplaçant les nuages qui s'accumulaient à l'ouest. Il ne fallait pas qu'elle tarde. Son panier à la main, elle marcha plus d'une heure sans s'arrêter.

9

A cause du temps sec et chaud, les moissons débutèrent plus tôt.

On venait à peine de fêter la Saint-Jean et pourtant, les moissonneuses-batteuses entraient déjà en action. A Vignols comme partout autour de Brive, hommes et femmes unissaient leurs gestes et leurs efforts à travers champs. Seule la pause de midi apportait une détente. Bavardages et rires résonnaient alors d'une parcelle à l'autre, répandant une atmosphère de fête.

Bien installé sur sa machine, Jacques Clément donnait des ordres aux ouvriers. En même temps, il évaluait les rendements et les jours encore nécessaires pour couper la totalité du blé. Lui qui avait toujours vécu cette période avec entrain et satisfaction ne montrait aucune joie.

Il ne s'agissait même pas du père Jourdan, venu sans prévenir pour inspecter les grains et qu'il venait de rabrouer sans ménagement. « De toute manière, avait-il vociféré, au prix où vous l'achetez, ce blé sera toujours trop bon pour vous ! »

L'autre n'avait pas tiqué ; sa mine épanouie en disait long sur la bonne affaire conclue. Il était reparti sans insister, savourant intérieurement sa victoire sous l'œil furieux de Clément.

Le métayer descendit de sa moissonneuse. Dans le ciel clair, des corneilles et des pies s'ébattaient en tous sens, gobant des insectes effrayés par le remue-ménage. Il souleva son chapeau de paille, passa la main sur son front en sueur. Demain, il en était presque certain, le travail serait terminé. Après quatre jours de labeur, ses hommes devaient déjà penser aux ripailles qui clôtureraient la lourde tâche. Il se frotta la nuque. Dans ces conditions, comment leur annoncer ce qu'il était chargé de leur dire ? Louis Sérignac avait été formel et rien n'avait pu modifier sa décision. Une amertume l'envahit. Voilà longtemps qu'il n'avait ressenti un tel état de solitude.

— Alors, chef ? On a un petit coup de barre ?

Près de lui, Lucien tapota son épaule dans un geste affectueux. Midi approchait, l'ouvrier qui avait dû apercevoir son visage anxieux s'inquiétait. Dans les autres champs, les gens s'asseyaient à l'ombre, ouvrant les paniers et les bouteilles qui circulaient de main en main.

— Viens boire avec nous ! proposa Lucien. Il y a du cidre frais, paraît-il, c'est Blanche qui doit nous l'apporter.

Clément avait la gorge sèche mais l'idée de trinquer avec ses hommes lui ôtait sa soif.

— Il va falloir qu'on parle, fit-il soudain, la mine grave.

Lucien fronça les sourcils mais son regard se porta vers la barrière du champ. Habillée d'une robe en cotonnade fleurie, un large chapeau de paille sur la tête et un sac de toile à la main, Martha arrivait. Elle ne put saluer que Jacques Clément. Muré dans sa désapprobation, Lucien ne l'avait pas attendue.

— J'espère que je ne vais pas vous faire fuir aussi ! railla-t-elle.

Clément sourit à peine. Son esprit vagabondait et la présence de Martha l'indifférait.

— Je remplace Blanche qui s'occupe d'Alban, expliqua-t-elle, il est venu passer quelques jours ici.

Aucun mot ne franchit les lèvres du métayer. Il ne semblait même pas s'intéresser au sac plein de victuailles et restait planté là, comme incapable de bouger.

Décontenancée, Martha posa le sac sur le sol.

— Quelque chose ne va pas ?

— Tout va bien, répondit-il avec vivacité.

— Ne vous butez pas comme un enfant ! le sermonna-t-elle. Je suis capable de comprendre.

— Vous n'êtes pas en cause, seules les directives de monsieur Sérignac le sont.

Criant leur faim, les ouvriers se dirigeaient vers eux en riant et chahutant comme des adolescents. Ils se jetèrent sur le sac avant de repartir s'asseoir à l'ombre des arbres. Jacques Clément les regarda s'installer puis se rendit compte que Martha était toujours là, espérant sans doute des éclaircissements.

— Il m'a chargé de les congédier dès la fin des moissons, déclara-t-il sans détour. Pour l'instant, il ne désire garder que Lucien, le plus âgé.

— Louis a de gros problèmes financiers, fit Martha, et je ne peux guère l'aider.

Soudain, un éclat aviva ses joues.

— En revanche, continua-t-elle, si vous m'y autorisez, je pense pouvoir vous être utile.

Clément faillit se mettre à rire. De quelle utilité était-elle capable avec son allure de jeune bourgeoise ? Ne racontait-on pas qu'elle ne fréquentait que les milieux parisiens mondains, et vivait aujourd'hui la vie protégée du château ? Pour qui se prenait-elle ? Il lui adressa un sourire moqueur mais elle s'entêta comme si de rien n'était :

— Informer les ouvriers de leur licenciement est une épreuve pour vous. Pourquoi ne le ferais-je pas à votre place ? Si je les préviens, ils seront moins surpris quand vous leur parlerez.

Il fut tenté de la renvoyer sous d'autres cieux en lui conseillant de ne pas se mêler de ses affaires lorsqu'il comprit qu'en fait, elle lui tendait la main, quitte à déchaîner les foudres contre elle.

— Je n'ai rien à perdre, poursuivit Martha. Comme beaucoup d'autres, vos ouvriers ne m'aiment pas parce que je suis étrangère.

— Pour quelles raisons cherchez-vous à me protéger ? questionna-t-il, étonné.

Une rougeur plus soutenue colora son visage, elle fit semblant d'ajuster son chapeau de paille :

— Cette chaleur devient insupportable, je ne vais pas m'attarder. Donnez-moi votre feu vert et je passe à l'action.

Il parut hésiter, jeta un coup d'œil vers ses hommes qui achevaient leur repas en buvant chacun leur tour à même le goulot d'une bouteille, puis finit par se reprendre.

— Ce n'est pas à vous d'intervenir et je ne serais qu'un lâche si j'acceptais.

Il eut envie d'ajouter quelque chose mais ne trouva pas les mots.

— Merci, murmura-t-il seulement.

Martha choisit de s'éloigner en prenant soin de ne pas se tordre les chevilles sur les monticules de terre et les cailloux qui affleuraient entre les herbes.

Elle suivit le chemin qui montait vers le cimetière situé juste à côté de la vieille église. Si le refus que lui avait opposé Jacques Clément confirmait ce qu'elle pensait de lui, elle avait découvert un autre aspect de son caractère : une droiture qu'elle ne soupçonnait pas.

La grille du cimetière était ouverte. Deux vieilles femmes nettoyaient et fleurissaient des tombes en échangeant quelques mots à voix basse. A la vue de Martha, elles marmonnèrent de plus belle puis se sauvèrent comme si le diable était à leurs trousses. La jeune femme ne fut pas fâchée de se retrouver seule au milieu de l'enclos et de son silence. Elle décida de prendre tout son temps pour parcourir les allées peu nombreuses. Ce lieu de recueillement, éloigné des bruits et de l'effervescence qui régnaient dans les champs, s'offrait comme un apaisement. Jour après jour, absorbé par ses difficultés, Louis changeait, et ses mouvements d'humeur devenaient éprouvants. Il avait beau répéter que ce n'était que provisoire, elle le voyait s'enfoncer dans une sorte d'aigreur qui rejaillissait sur tout son entourage.

A plusieurs reprises, elle avait déjà pensé s'en aller pour ne pas se laisser gagner par sa morosité. Mais avait-elle le droit de le quitter maintenant, au moment où de graves ennuis le frappaient ? Ils vivaient côte à côte, chastes et presque fraternels, ne partageant même plus les élans de l'amour qui les avait réunis un an auparavant.

Elle se secoua pour chasser les sombres pensées qui l'accablaient puis s'immobilisa devant une tombe imposante. La beauté du monument tranchait sur les dalles plus simples qui peuplaient le cimetière. Sculptée dans le marbre, une femme debout sur une stèle semblait pleurer sous un long voile. A ses pieds reposait une grande dalle où étaient gravés une dizaine de noms et de dates. Au-dessus de la dalle, sur le soubassement, on lisait en grosses lettres dorées : « Famille Sérignac ». Parce qu'elle était déjà venue, Martha avait déjà admiré cet ensemble érigé au milieu du XVIIIe siècle par les ancêtres de Louis. Ses parents occupaient le dernier rang sur la liste et lui-même s'était vanté d'avoir également sa place réservée dans le caveau, tout comme son fils. A l'une des questions de Martha sur la surprenante absence d'Amélie, il n'avait répondu que par un « chut ! » si catégorique qu'elle s'était crue obligée de s'excuser. Aujourd'hui, face à cette stèle que des mains familières devaient entretenir avec soin puisqu'on ne distinguait ni mousses ni lichens malgré les ans, un étrange sentiment la saisissait. Les grandes lettres dorées du nom semblaient disproportionnées dans ce petit cimetière bordé de cyprès. Quelque chose de grandiose, de dominateur se dégageait de l'ensemble. On eût dit qu'il était construit là pour rappeler à tous une forme de survivance au-delà du temps. A travers lui, le comportement de celui auquel sa vie était liée s'éclairait sous un nouveau jour. Tout à coup, elle sentit la nécessité de s'éloigner pour ne pas s'effondrer, comme si la chaleur et l'émotion la terrassaient. Elle se mit à examiner chaque tombe jusqu'à ce qu'elle trouve enfin celle qu'elle cherchait.

A l'opposé du caveau des Sérignac, sur une simple dalle grise surmontée d'une croix, on lisait : « Amélie de Saint-Jabreilles » ; en dessous, en plus petit : « épouse Sérignac », puis deux dates suivaient : « 1890-1925 ». A elles seules, elles résumaient la brièveté de cette vie obscure.

Le cœur de Martha se mit à battre. La tombe était si insignifiante qu'il n'y avait rien d'étonnant à ce qu'elle ne l'ait pas vue, la première fois. Elle s'accroupit pour remettre en place un bouquet de fleurs que le vent avait déporté. Puis, du plat de la main, elle caressa la pierre tandis que ses yeux scrutaient chaque détail dans l'espoir d'en apprendre un peu plus.

— Que faites-vous là ? fit à ce moment une voix forte dans son dos.

Elle se redressa, les jambes flageolantes.

La toisant de toute sa hauteur avec des yeux de braise, Alban la fusillait du regard.

10

— Bonjour, articula Martha, soutenant avec peine le regard haineux du jeune homme.

— Que faites-vous ici ? répéta-t-il sur le même ton cassant.

— Je crois que cet endroit est libre d'accès, non ? Je viens donc m'y promener de temps à autre.

Son sang-froid vite récupéré et sa repartie le déconcertèrent. Il s'aperçut qu'il n'avait pas d'arguments à lui renvoyer. Son regard vacilla. Le combat était loin d'être gagné. Il se courba, saisit le bouquet de roses et de lys que Martha venait de toucher puis s'empara d'un vase en céramique noire posé à côté de la tombe :

— Je vais chercher de l'eau, jeta-t-il comme s'il lui devait une explication.

A grandes enjambées, il rejoignit la petite fontaine qui était à l'entrée du cimetière et s'affaira. Lorsqu'il revint, Martha était toujours à la même place. Il se baissa de nouveau, plongea le bouquet dans l'eau avant de le mettre en évidence près de la croix qui surplombait la dalle. Deux roses se chevauchaient, Martha les sépara en glissant un lys entre les deux fleurs :

— N'est-ce pas mieux comme ça ?

Il murmura quelque chose qu'elle ne comprit pas mais qu'elle interpréta comme un assentiment. Le silence des lieux les enveloppa, troublé par quelques bruissements impalpables et des cris d'oiseaux. Elle crut qu'Alban priait et n'osa plus rien dire. Au bout de quelques secondes, il reprit la parole à voix basse sur un ton presque conciliant :

— Il vaut mieux que vous abrégiez votre séjour.

Sa main se tendit vers son épaule dans un geste protecteur qu'elle esquiva, furieuse de son audace.

— Excusez-moi ! dit-il, je n'avais pas l'intention d'être désagréable.

Martha n'espérait plus qu'une chose : qu'il la laisse enfin tranquille. Mais il persista :

— Vous le savez, mon père traverse une crise financière qui rejaillit sur sa vie. D'un jour à l'autre, il change d'avis. Un matin, il me demande de le seconder, d'abandonner mon année de licence ; le lendemain, il m'exhorte à poursuivre parce qu'il veut vendre l'ensemble de la propriété. Il ne sait plus à quel saint se vouer. Dans ces conditions, vous n'êtes plus heureuse et lui non plus. Pourquoi vous acharnez-vous puisque vous avez un métier, des amis, une famille ?

Martha ne s'attendait pas à ce genre de tirade. Le bougre jouait sur tous les registres, mû par un unique objectif : la renvoyer dans ses pénates !

— Allons-nous-en d'ici ! conseilla-t-il soudain. Ce n'est pas un endroit pour discuter.

D'un commun accord, ils se dirigèrent vers la grille. A l'extérieur de l'enceinte, une rumeur sourde montait des champs. Portées par le vent, les voix des moissonneurs se conjuguaient aux cliquetis des machines sous le ciel clair. Toute la vallée semblait vibrer de cet écho singulier.

— Quel bel été ! ne put s'empêcher de dire Martha.

Lèvres serrées, il ne répondit pas. Son impatience avait quelque chose de pitoyable et d'irritant à la fois. On ne lisait qu'une phrase sur son visage renfrogné : Martha était de trop.

— Je n'aime pas la campagne, lâcha-t-il, en arrachant une brindille avant de la mordiller avec nervosité.

Le court instant d'apaisement et de recueillement était fini. Son impulsivité émergeait de nouveau ; son goût pour la provocation, aussi. Il continua d'arracher des brins d'herbe avec des gestes saccadés qui trahissaient son exaspération.

— Pensez-vous vraiment que si je quittais Vignols maintenant, votre père serait soulagé ? Qui de vous deux serait le plus heureux ? ironisa-t-elle. Laissez Louis me dire lui-même ce qu'il souhaite ; ensuite, j'aviserai.

Alban lança sur le sol les brindilles qu'il tenait.

— Dans ce cas, ne vous mêlez pas des affaires de notre famille ! éructa-t-il, hors de lui. Aucune de celles qui vous ont précédée n'a réussi. Tenez-vous-le pour dit !

Muré dans son ressentiment, il dévala le chemin qui menait au cimetière.

Durant quelques secondes, Martha suivit sa course, puis elle découvrit une souche d'arbre entre les hautes herbes et s'assit dessus. Elle était venue ici pensant trouver un havre de paix. Louis avait tant insisté, tant vanté la beauté de sa région qu'elle avait fini par se laisser convaincre. Loin de son pays chaviré par une tornade politique sans précédent, en rencontrant l'amour, elle avait cru s'arrimer ici comme un bateau jette l'ancre après un périple mouvementé. Rien de ce qu'elle avait rêvé ne correspondait à la réalité. Par la force des choses, Louis s'éloignait d'elle. Parfois, il avait encore des attentions attendrissantes, un bouquet de fleurs ou un livre rare acheté chez un bouquiniste. De petits messages accompagnaient ces cadeaux, lui demandant d'être patiente. Mais comment garder le cap quand tout se déchaîne contre vous ?

Elle ferma les yeux. Le vent tiède caressa ses paupières. Dans un arbre proche, un merle se mit à chanter à tue-tête, ressuscitant tout à coup une image enfouie. Quand son père était parti pour la guerre de 1914, c'était le même été. Son uniforme de soldat luisait sous le soleil et lorsqu'il l'avait embrassée, un merle avait chanté. Il n'était jamais revenu.

L'absurdité de la vie et les méandres qu'elle empruntait la chavirèrent. Une larme coula sur l'une de ses joues, elle l'essuya d'un revers de main, de peur qu'on la surprenne, puis se leva. Au même instant, quelqu'un l'interpella :

— Est-ce que ça va, madame ?

Elle allait remercier avant de s'échapper pour être à nouveau seule lorsqu'elle aperçut le curé de la paroisse. Le sourire qu'il lui adressait lui fit du bien. Au moins cet homme lui témoignait-il de l'amitié. Il s'approcha. Avec sa soutane, son béret sur la tête et ses joues rondes, il inspirait confiance.

— Je vous observe depuis quelques minutes, expliqua-t-il. Cela ne me regarde peut-être pas, mais vous aviez l'air si chagrin que je me suis permis d'intervenir.

— Vous êtes très aimable. En fait, je vais déjà beaucoup mieux. On ne choisit pas toujours ses états d'âme.

Le sourire du prêtre s'accentua.

— Il me semble que vous avez un léger accent. Seriez-vous étrangère ?

— Je suis allemande, avoua-t-elle.

Craignant une réaction défavorable de sa part, elle s'empressa de préciser qu'elle était fiancée à Louis Sérignac.

Un fugace haussement de sourcils témoigna de son étonnement. De nouveau, un sourire l'éclaira.

— Eh bien ! Transmettez-lui mon bon souvenir, et que Dieu vous bénisse tous les deux !

Il souleva son béret avant de s'éloigner vers le presbytère qui jouxtait l'église.

— Monsieur le curé ! s'écria tout à coup Martha en s'élançant vers lui. Pardonnez-moi, mais vous avez dû connaître Amélie, l'épouse de Louis. A-t-elle encore de la famille ?

Le regard du prêtre s'assombrit. Il n'avait pas l'air d'apprécier la question. Pendant quelques instants, il n'y eut que le bruit du vent autour d'eux.

— Mon enfant, finit-il par dire, ne vous torturez pas l'esprit avec un passé qui ne vous concerne en rien. Pensez plutôt à votre avenir ! Au bonheur à construire, à consolider ! Laissez les morts dormir en paix.

— Mais comment aborder l'avenir, s'obstina-t-elle, quand on a des sables mouvants sous les pieds ? Partout où je vais, elle est encore là. Nuit et jour, son ombre me poursuit malgré moi. Je la vois dans le regard de Blanche, dans celui d'Alban et de tous ceux que je rencontre et qui me rejettent. Trop de mystère plane autour de sa vie et de sa mort.

Stimulée par l'élan de son discours, elle serra son bras.

— En vous taisant, vous ne faites qu'enterrer la vérité avec elle. Ne soyez pas complice de son malheur !

— De quel malheur parlez-vous ? Amélie était une sainte. Elle a tout supporté sans se rebeller.

— Vous voyez que vous êtes au courant de beaucoup de choses.

Conscient des limites qu'il ne désirait pas franchir, le prêtre s'échappa pour disparaître derrière l'église. Là, un vague remords le poussa à revenir sur ses pas. Martha n'avait pas bougé.

— Si cela peut vous aider, lui confia-t-il, d'après ce qu'on m'a dit, son père vit encore à Limoges. Mais surtout, gardez cela pour vous ! Au revoir, mademoiselle.

Martha ne rentra chez Louis Sérignac qu'en fin d'après-midi. L'idée de devoir affronter Alban suffisait à différer son retour. Blanche neutralisée, puisque les deux femmes s'ignoraient d'un commun accord, à lui seul, le garçon concentrait tous les dangers. Elle se promena longtemps, se reposa dans des coins de verdure assez loin du village, ressassant les paroles du curé et son étrange attitude. L'histoire d'Amélie ressemblait à un puzzle dont elle ne possédait que quelques pièces. A chaque fois qu'elle pensait assembler des éléments, le jeu se disloquait. Malgré cela, le besoin de savoir s'imposait à elle avec une intensité de plus en plus violente. Elle ne pouvait expliquer pourquoi ni comment, mais la photo de cette femme qui trônait dans la salle à manger, si réaliste, si vivante avec ses lèvres retroussées sur de petites dents félines, envahissait sa vie comme une véritable obsession.

11

— Le Front populaire ! Il ne manquait plus que ça !

Sérignac tourna le bouton de la radio. La voix du speaker qui commentait le défilé s'éteignit. Ce 14 Juillet prenait pourtant des allures de liesse. De Paris au plus petit village corrézien, les réjouissances abondaient. Il avait beau s'y attendre, en vrai propriétaire terrien, il n'était pas de ceux qui voyaient d'un bon œil la nouvelle alliance des radicaux avec Blum, le socialiste, et Thorez, le communiste. Au fond de lui, sans qu'il en parle ouvertement, ses inclinations le portaient plutôt vers la droite. D'ailleurs, à travers le pays, il avait acquis la réputation d'être royaliste. Loin de lui déplaire, il considérait cette image comme faisant partie de son personnage. Alban marchait dans son sillage, s'engageant même plus loin. Avec plusieurs de ses camarades, il participait souvent aux manifestations des Croix-de-Feu à Paris. Impliqué dans des affrontements contre les communistes, il avait déjà été arrêté puis relâché grâce à l'intervention de quelques amis bien placés de son père.

Le poste de radio éteint, Sérignac sortit de son vaste bureau en claquant la porte. Le monde politique de la IIIe République lui paraissait nager dans un cloaque. Ce Front populaire risquait d'être au pouvoir bientôt et, il en était persuadé, l'économie ne s'en remettrait pas. Ses propres affaires, non plus.

La matinée s'achevait sous un ciel toujours lumineux et chaud. De sa chambre, Martha entendit le bruit de la porte et la voix bourrue du maître de maison qui grommelait. Elle se demanda si le déjeuner projeté dans une auberge d'Allassac résisterait à cet accès d'agacement. Suivant l'humeur de Louis, un changement de dernière minute était encore possible.

Reparti depuis peu vers la capitale, Alban avait téléphoné à son père la veille.

L'entretien avait plongé ce dernier dans un marasme sur lequel il n'avait donné aucune explication. A part une énigmatique remarque : « Je vais supprimer cette installation téléphonique. » Il avait gardé les lèvres closes sur le coup de fil. Lui qui avait été le premier à montrer avec fierté l'appareil aux rares amis corréziens invités dans son bureau menaçait maintenant de s'en débarrasser. Voilà qui n'arrangeait pas Martha. Grâce à lui, elle avait déjà pu joindre plusieurs fois son journal et même sa mère à Cologne. Malgré de nombreuses interférences, la conversation avait été brève mais réconfortante.

Inquiète, elle rejoignit la terrasse en pensant à la sortie prévue. Elle comptait sur ce tête-à-tête dans un autre cadre pour tenter de ranimer la flamme qu'elle ne trouvait plus chez Louis. En fait, c'était une ultime tentative avant un voyage à Limoges, projeté dans le plus grand secret. Elle alluma une cigarette et s'était mise à fumer de manière fébrile lorsque Albert se présenta devant elle.

Il ne portait pas sa tenue habituelle, mais une simple chemise blanche au col ouvert sur un pantalon léger.

— Je suis là pour vous dire au revoir, Mademoiselle. Je vais chez ma sœur qui habite Meymac, au nord de Vignols.

Il s'inclina avant de rentrer dans la maison. Martha le vit traverser la pièce qui donnait sur la terrasse avec une lenteur inhabituelle. Il saisit un bagage posé dans le couloir. A ce moment, Sérignac surgit et l'étreignit aux épaules dans un geste plein d'affection. Albert le laissa faire puis ouvrit la porte et quitta la demeure d'un pas traînant.

Martha vint vers Louis :

— Que lui arrive-t-il ?

— J'ai dû m'en séparer. Et ce n'est pas fini.

Sous la surprise, les yeux de la jeune femme s'agrandirent. Les mauvaises nouvelles ne cessaient de s'accumuler. Le départ d'Albert signifiait la fin d'un certain train de vie pour la maison et son propriétaire. L'image de bourgeois aisé que Louis avait toujours cherché à cultiver se ternissait petit à petit comme un miroir usé. Elle se mordit les lèvres. Le déjeuner n'allait pas résister à cette épreuve. Mais comment sortir de cette impasse ? Sérignac avait un regard de chien battu. Son panache et sa verve s'étaient évanouis.

— Allons marcher dehors ! Cela me fera du bien, dit-il.

Elle acquiesça, pressentant qu'il avait sans doute autre chose à raconter. Au fond du couloir, un froissement de tissu leur indiqua que Blanche ne perdait rien de leurs échanges. Louis adressa un clin d'œil entendu à Martha avant de s'effacer pour lui laisser le passage. Dans le parc, on entendait des bruits de pétards et des aboiements furieux montant de la vallée et des rues du village. Là-bas, la fête battait son plein et les habitants s'en donnaient à cœur joie. Il se mit à marcher d'un pas lourd, les mains derrière le dos.

— Pourquoi garder Blanche plutôt qu'Albert ? interrogea Martha.

— J'ai hésité. Blanche m'a paru indispensable pour le ménage et la cuisine. De plus, elle n'a pas de famille et ne saurait où se réfugier. Mais il n'y a pas qu'Albert ; Jacques Clément est également en sursis. J'envisageais de le remplacer par Alban pour une bonne gestion des terres jusqu'à ce que ce gredin de fils me fasse faux bond, pas plus tard qu'hier soir. Au téléphone, il a tenté d'exercer un odieux chantage que je ne suis pas près d'oublier !

Devant eux, un massif de fleurs attirait des abeilles et quelques papillons. Martha se pencha vers une rose :

— Je devine de quel chantage il s'agit.

Embarrassé, Louis se mit à jouer avec ses boutons de manchette.

— Il a dû te dire : « C'est elle ou c'est moi », reprit-elle.

— Ne te fâche pas ! Il est jeune et entier. Ce garçon a toujours été trop attaché à sa mère et rejette même l'idée que je puisse aimer une autre femme. Tous les enfants dans son cas réagiraient de la même façon, ne crois-tu pas ?

— Alban n'est plus un enfant.

— Je suis un père comme les autres, je refuse de le voir devenir adulte. C'est mon tort.

Au fur et à mesure qu'ils parlaient, Martha avait l'impression que quelque chose se retirait d'elle, la vidant de ses forces et de sa substance. Elle s'appliqua à humecter ses lèvres et à se raidir pour ne pas chanceler.

— Dans ces conditions, murmura-t-elle, il vaut mieux que je parte. Nous avons cru, toi et moi, qu'une histoire était possible. La réalité est différente. Alban et toi, vous êtes soudés par le passé. Il n'y a pas de place entre vous deux pour quelqu'un d'autre.

— Tais-toi !

Il l'attira contre lui, enfouit son menton dans ses cheveux :

— Tu es la seule qui me retienne. Sans toi, je ne pourrais faire face à ce naufrage. Tu ne sais pas encore tout ; même l'argent que j'avais placé en Bourse a fondu comme neige au soleil. Les actions ont chuté de façon spectaculaire. Je redoute qu'aux prochaines législatives, le Front populaire gagne. Dans ce cas, je n'aurais plus qu'à mettre la clef sous la porte.

Serrée contre lui, Martha ne pouvait que le plaindre. En fait, elle était incapable de se laisser aller dans les bras de celui qui oscillait sans cesse entre la colère et le désarroi. Déroutée, elle se sentait prise dans un piège qui la dépassait.

Il desserra enfin son étreinte, conscient de la tension qu'il suscitait :

— Je t'embête avec mes histoires. L'été n'est guère propice à ce genre de tracas.

Il fit à nouveau quelques pas de long en large :

— Après tout, je n'ai aucun droit sur ta vie. Je ne peux pas t'imposer de m'aimer. Tu as raison de ne pas vouloir m'épouser en ce moment, je ne suis pas une affaire.

Derrière ses paroles, elle perçut l'appel qu'il lui lançait. Elle était encore sensible au charme qu'il dégageait, à son élégante silhouette que les femmes remarquaient par un petit coup d'œil discret. Mais cela suffisait-il ?

— Bon ! abrégea-t-il soudain, sur le ton autoritaire qu'il employait souvent. Puisque tu ne réponds pas, je te laisse réfléchir. J'ai promis à un vieil ami qui est malade de lui rendre visite. A mon retour, dans une heure au plus tard, je t'emmènerai faire un tour à Brive pour te changer les idées.

Il s'éclipsa sans rien ajouter, maître de lui-même et de ses émotions.

Quelques instants plus tard, Martha se dissimula derrière des châtaigniers et, sûre de ne pas être dérangée, fondit en larmes. L'idée de se fourvoyer dans une histoire où elle perdait ses points de repère résonnait en elle comme une défaite. Elle fit un effort pour prendre un mouchoir, tamponner ses yeux et se raisonner. A part un soulagement passager, pleurer ne servait à rien. Elle n'était pas de ces femmes qui se lamentent sur leur sort sans tenter d'y rien changer. L'image de Thérèse Leroux subissant la fatalité d'un inéluctable destin lui vint à l'esprit. Elle quitta les arbres qui l'abritaient pour tendre son visage vers le ciel. Le soleil et le vent achevèrent de sécher ses larmes. Dans le fond, elle n'avait pas besoin de se remémorer les paroles de Louis pour savoir qu'elle était libre. D'un moment à l'autre, elle pouvait s'en aller, empiler ses affaires dans une valise et partir sans donner d'explication. Pourquoi hésitait-elle ? Quel rôle jouaient Amélie et son mystère dans ses atermoiements ?

Malgré ses paupières fermées, la lumière devenait éblouissante. Elle rouvrit les yeux, chercha de l'ombre puis s'engagea sur un chemin de traverse qui aboutissait à une autre aile de la propriété. Là, il existait une porte par laquelle on pouvait s'échapper. Pour l'avoir beaucoup arpenté, elle connaissait le parc presque par cœur et ses recoins n'avaient plus de secret pour elle. Un jour, elle avait surpris Albert en train de vérifier la serrure de la petite porte latérale avant de remettre la clef sous un pot de fleurs vide, près du muret qui longeait le domaine. Le pot de fleurs était toujours là. Elle le souleva, s'empara de la clef. La vieille serrure grinça mais ne résista pas. Par cette sortie, elle ne pouvait rencontrer Louis au volant de sa voiture ou à pied. Il n'avait pas l'habitude de s'aventurer sur ce sentier isolé, entouré de verdure, qui serpentait jusqu'au village. Elle avança donc sans crainte, mais les pensées encore embrouillées. Si l'heure du choix sonnait, les lointains échos d'une fanfare malmenaient ses oreilles et son envie de tranquillité. Comment prendre une décision au milieu de ce vacarme ?

Etourdie, elle atteignit les bâtiments d'une ferme sans même s'en apercevoir. Une grange était ouverte. Le silence qui régnait là contrastait avec l'agitation qu'on entendait encore. Les occupants des lieux avaient dû s'évader pour se joindre aux joyeux drilles qui s'en donnaient à cœur joie parmi les flonflons. Pour s'assurer d'être seule avant de s'isoler dans un coin de la grange et réfléchir à son aise, elle jeta un coup d'œil par une fenêtre à l'intérieur de la ferme. Dans la salle qu'elle croyait vide, un homme assis à une table lisait. Sentant sans doute sa présence, il leva la tête et leurs regards se croisèrent. Suffoquée, Martha reconnut Jacques Clément. Dans son vague à l'âme, elle ne s'était pas rendu compte que ses pas la conduisaient derrière le corps de ferme où vivait le métayer. A présent, il était trop tard. Il fit un signe pour lui indiquer l'entrée de l'autre côté du bâtiment. Elle accepta son invitation. Le livre ouvert devant lui l'intriguait. Sous une apparence rugueuse, cet homme avait peut-être des choses à dire. Savait-il seulement que sa place au sein du domaine Sérignac était menacée ?

12

Le deuxième bouchon sauta dans une cascade de rires. Le cidre frais coulait dans les verres avec des scintillements mordorés. Le contenu de la première bouteille n'était déjà plus qu'un souvenir. Il n'en fallait pas plus pour que la gaieté balaye les ombres.

Voilà longtemps que Martha n'avait pas ri ainsi. Sur elle qui ne buvait jamais, la moindre goutte d'alcool avait des effets dévastateurs. Jacques Clément était le premier à s'en amuser. En prenant place en face de lui, Martha avait voulu goûter le fameux cidre qu'il se vantait d'acheter à un bouilleur de cru dont il taisait le nom.

« C'est comme les caches à champignons, racontait-il, on les garde pour soi ! »

Le premier verre s'était vite enchaîné au suivant et les éclats de rire de la jeune femme avaient succédé à ses larmes. A présent, elle écoutait son hôte déclamer des aphorismes de Sacha Guitry, tirés d'un livre qu'elle avait choisi sur les rayonnages poussiéreux, au fond de la pièce. Après un nouveau fou rire, fatiguée, elle écarta son verre pour étouffer un bâillement :

— J'ai trop bu, je n'entends même plus ce que vous dites !

Il s'arrêta de lire, posa son regard sur elle. Son aspect lisse, un peu distant, avait disparu. Ses joues rosies et ses cheveux ébouriffés lui donnaient un air de jeunesse presque insolent. Dans ce lieu monacal où il vivait en célibataire endurci, c'était bien la première fois qu'il laissait une femme transformer son univers et l'entraîner dans une telle aventure. Depuis combien de temps n'avait-il ri lui aussi à gorge déployée ? A quoi bon d'ailleurs compter les jours ? Il avait banni les souvenirs de sa mémoire. Il referma son livre :

— L'un et l'autre, nous avions sans doute besoin de nous distraire, mais il faut que vous partiez maintenant, monsieur Sérignac serait furieux de vous trouver ici.

— Il n'a pas à me dicter ma conduite, rétorqua-t-elle. Je ne sais même pas si je vais rester avec lui.

Une panique subite parut s'emparer de Jacques, ses yeux furetèrent de droite à gauche. Il se leva, tout à coup pressé de remettre en place le livre qu'il tenait. Quand il glissa l'ouvrage entre les autres, il sentit une main le frôler. Martha l'avait suivi :

— J'aimerais tant savoir quelle blessure se cache en vous, fit-elle d'une voix douce.

Comme il ne répondait pas, elle se rapprocha de lui, posa une main sur son dos.

— Jacques, murmura-t-elle, ne me renvoyez pas !

A travers le tissu de sa chemise, elle sentit ses muscles tressaillir. Son trouble tangible la désorienta. Soudain, elle n'aspirait plus qu'à une chose : s'abandonner contre lui, prolonger les moments qu'ils venaient de vivre. Le différend qui les avait opposés s'était dissipé au fur et à mesure des verres partagés et de leur bavardage.

— Accordez-moi votre confiance ! continua-t-elle en appuyant sa joue contre son dos.

Il se retourna, saisit son visage entre ses mains.

— Vous êtes belle et raffinée ; je ne suis qu'un homme de la terre, bourru, sauvage… Comment nous retrouver ?

— En nous aimant, souffla-t-elle.

Sa bouche entrouverte se tendait vers lui, il n'eut qu'à se pencher pour que leurs lèvres se rencontrent. La solitude qu'il s'était imposée ne résista pas au tumulte qui s'abattit sur lui. Fébrile, il souleva Martha pour la porter jusqu'au lit rudimentaire où il dormait chaque nuit. Au-dehors, la fanfare ne jouait plus. En ce début d'après-midi, la fête s'octroyait une pause avant le feu d'artifice du soir et le bal sous les lampions. Loin du flux des badauds dont la plupart allaient s'agglutiner dans l'unique café, Martha et Jacques voguaient sur une vague déferlante.

Il fut le premier à se relever.

Un paquet de tabac traînait sur le coin de la table, il s'en empara pour se préparer une cigarette. Allongée sur le lit, Martha n'osait pas remuer.

— Quel gâchis ! n'est-ce pas ? lança-t-il après avoir tiré une première bouffée.

Elle ne voyait que son dos nu à contre-jour et le drap dans lequel il s'était enroulé de la taille jusqu'aux pieds. Sa remarque lucide la transperça comme un coup de poignard. Pourtant, il était loin d'avoir tort. Quel avenir s'offrait à eux alors que tout ou presque les séparait ? Elle s'assit. Près du lit, ses vêtements ôtés à la hâte gisaient en tas. Elle commença à se rhabiller.

— Ce n'est pas un gâchis, protesta-t-elle. Il ne faut pas le voir comme ça.

— Alors, comment faut-il le voir ? Tu vas bientôt me haïr, c'est inévitable, et je serai obligé de disparaître.

— On dirait que tu ne souhaites même pas sauver quelque chose de notre histoire. Tu me décris un avenir sombre, tracé d'avance. Pourquoi ?

Sa voix tremblait. Il eut peur de l'avoir blessée et revint vers elle pour la prendre entre ses bras.

— Excuse-moi ! Je suis maladroit, il y a longtemps que je n'ai pas…

Il ne termina pas sa phrase.

— Que tu n'as pas aimé de femme, c'est cela ? acheva Martha.

Elle saisit l'une de ses mains et blottit sa joue dans le creux de sa paume. Que fuyait-il derrière cette course éperdue à la solitude ?

— Il n'y a eu qu'une femme dans ma vie, confia-t-il, comme s'il devinait sa question. Je l'aimais plus que tout au monde. Nous allions nous marier, vivre à Bordeaux dans une maison dont elle avait hérité. A l'époque, j'étais instituteur, elle aussi. Lorsqu'elle a disparu, je n'ai rien compris. On a retrouvé son corps dans la Gironde. Elle n'a laissé qu'un mot griffonné sur un immonde papier que je ne parviens toujours pas à jeter. « Pardon », avait-elle écrit. Rien de plus.

Sa main se détacha du visage de Martha. Il se détourna, malheureux, dissimulant mal sa douleur encore intacte. Maintenant, elle cernait mieux sa vie, sa façon de réagir après leur étreinte. Cette blessure l'empêchait de vivre. A cause de cet impossible deuil, il avait tout abandonné pour se réfugier ici, loin d'un passé qui le poursuivait quand même.

— Je sais ce que tu ressens, reprit-elle. Tu te sens coupable et tu as peur d'aimer quelqu'un d'autre. Je voudrais te redonner goût à la vie, mais il faut que tu m'aides.

Le carillon d'une horloge sonna deux heures. Le retour de Louis et peut-être sa visite inopinée étaient possibles. Le temps s'écoulait trop vite. Elle finit d'ajuster son chemisier.

— Tu te dépêches pour Sérignac ?

La question de Jacques fusa dans l'atmosphère chargée de la pièce. Il dardait sur elle un regard triste et soupçonneux.

— Ne sois pas jaloux ! Ses problèmes d'argent l'accaparent trop, nous faisons chambre à part.

— Alors, pourquoi ne le quittes-tu pas ?

Malgré son désir de sentir à nouveau son corps et sa chaleur contre elle, quelque chose qu'elle ne pouvait maîtriser l'attachait encore à la demeure bourgeoise et à son propriétaire. Et ce lien allait au-delà des personnes et des lieux, il avait toujours le même nom : celui d'Amélie de Saint-Jabreilles, dont les traits devenaient si familiers qu'ils hantaient chacune de ses nuits. Comment le dire à celui qui s'impatientait déjà de ne pas l'avoir toute à lui ?

— Donne-moi un peu de temps, il est encore si tôt !

— Nous allons devoir nous cacher comme des voleurs. A moins que je ne te déçoive et que tu ne veuilles pas me l'avouer tout de suite.

Elle plaqua une main sur sa bouche.

— La vérité est ailleurs. Je ne peux rien te dire pour l'instant. Il me faut juste ta confiance.

Elle s'écarta de lui, marcha jusqu'à la porte pour l'entrebâiller et s'assurer que personne ne rôdait. Avant de partir, elle le regarda une dernière fois. Il fixait le sol, l'air boudeur.

— Je t'aime, lança-t-elle.

Il n'y eut pas d'écho à sa phrase.

Pour rentrer, elle s'engagea sur le chemin habituel, le corps et l'esprit remplis de ce nouvel amour aussi inattendu qu'imprévisible. Son masque tombé, Jacques la séduisait par sa vulnérabilité et sa souffrance.

Désormais, comment concilier la double vie qu'elle sentait inévitable ? Et jusqu'à quand ?

Lorsqu'elle se présenta devant la grille du parc, elle fut à peine surprise de rencontrer Louis. Il semblait l'attendre et la dévisagea avec une insistance qui la gêna. Dans un geste instinctif, elle lissa ses cheveux, inquiète de n'avoir pas vérifié son apparence dans un miroir.

— As-tu couru ? questionna-t-il.

Prise de court, elle balbutia quelques mots puis expliqua qu'elle s'était endormie dans l'herbe et avait dû chasser des fourmis de ses cheveux et de ses vêtements. Il se mit à rire avant de l'attirer contre lui. Son visage toucha presque le sien. Si elle avait bu du cidre, il n'était pas en reste. Une odeur tenace d'alcool qu'elle identifia aussitôt comme étant du whisky lui chatouilla les narines. Dans un empressement qui n'était pas dans ses habitudes, il chercha ses lèvres avec fièvre.

— Nous avons l'après-midi entière, chuchota-t-il. J'ai tant envie de toi…

Elle avait pensé à tout sauf à cet assaut téméraire. Son impérieux désir la mortifiait.

— Je t'en prie, essaya-t-elle de dire, Blanche peut nous voir.

Mais il n'écoutait plus que son ardeur. Les longs jours où la distance avait été de mise n'existaient plus. Il la désirait tout de suite, soumise à cet élan qu'il imaginait identique au sien.

— Blanche ne viendra jamais jusqu'à ces bosquets, voyons ! murmura-t-il entre deux baisers. Viens ! Je veux t'aimer ici, à l'ombre des arbres. Je connais bien cet endroit, je t'assure que nous y serons tranquilles.

Elle se cabra pour échapper à ses débordements.

— L'aurais-tu essayé avec quelqu'un d'autre pour être aussi affirmatif ?

Sa question et sa résistance ne freinèrent pas sa fougue. Il se débarrassa de sa veste avant de reprendre ses caresses.

— Que tu es curieuse et sensible, ma chérie ! Cela a-t-il donc tant d'importance ?

Pour venir à bout de sa réserve, il tenta de l'entraîner dans un minuscule îlot de verdure, mais elle s'arc-bouta ; ses yeux s'accrochèrent au lit d'herbes sur lequel Louis fondait ses espoirs amoureux.

— C'est Amélie, lâcha-t-elle, tu l'as aimée ici, j'en suis certaine.

Sa réflexion le métamorphosa.

— J'ai eu une vie avant toi, fit-il sur un ton glacial, tu ne l'ignores pas. A quoi bon la mettre toujours entre nous ?

— Je te demande pardon.

Il se radoucit, mais le vent avait tourné. Le feu qui l'embrasait s'était éteint.

— Cette journée est horrible, soupira-t-il, j'ai l'impression que rien ne va.

Il fut pris d'un rire nerveux.

— Avant de nouvelles échéances, mon métayer et ma voiture sont en sursis et bientôt, ajouta-t-il en fixant sa compagne, tu ne seras plus amoureuse de moi, à moins que ce ne soit déjà le cas ?

Il récupéra sa veste, prêt à s'en aller.

— L'amour ne se commande pas, tenta-t-elle d'argumenter. Je n'étais pas en mesure d'accéder à ta demande. Peux-tu me comprendre ?

— Je ne t'en veux pas. Mais à présent, je préfère être seul. A ce soir !

Il continua son chemin le long de l'allée principale, jusqu'à la maison.

Martha se mordilla les lèvres. La faille était bien là, s'insinuant dans leur couple comme la mer ronge un rocher friable. Elle revint près de l'endroit où Louis voulait l'aimer et du bout des doigts lissa les herbes. Tout à coup, malgré l'air chaud et calme, un froid intense la parcourut. Autour d'elle, buissons et arbustes s'agitèrent en même temps sous un vent étrange.

— Amélie ? articula-t-elle.

Aussitôt, le phénomène cessa et la voix sèche de Blanche retentit dans le lointain :

— Mademoiselle, téléphone pour vous !

13

Sous un ciel gris et pluvieux, Jacques Clément s'affairait. Après le renvoi des deux ouvriers, il devait compenser leur absence. Cela signifiait travailler deux fois plus. Il n'avait pas le choix. Sérignac avait été limpide : ou il acceptait, ou il démissionnait.

La fourche à la main, il avait presque fini de rentrer le fourrage lorsque Lucien le rejoignit :

— Je ne t'ai pas vu au feu d'artifice, hier soir.

Jacques secoua la tête. De sa fenêtre, il avait bien aperçu quelques illuminations dans le ciel étoilé, entendu les cris et les bravos des spectateurs, mais il ne s'était pas attardé.

— Ma femme se réjouissait tellement d'y assister puis de danser, reprit Lucien, que je n'ai pas eu le courage de la décevoir. Mais je ne regrette rien, on s'est bien amusés !

Satisfait d'une nuit qui le galvanisait encore, il raconta les festivités, n'omit aucun détail, énuméra même les noms de ceux qui étaient présents au bal. Jacques pensait à Martha sans oser prononcer son nom.

— As-tu croisé le patron ? finit-il par demander.

L'ouvrier fit une moue :

— Avec sa stature, je l'aurais reconnu. Ni lui ni son fils n'étaient là. D'ailleurs, il paraît que ça chauffe entre eux.

Jacques posa sa fourche contre la porte de la grange :

— Que veux-tu dire ?

L'autre eut un petit rire grinçant :

— Le fils a mis son père au pied du mur : « C'est moi ou l'Allemande », aurait-il affirmé. Une vraie chance pour toi ! souligna-t-il à l'adresse de Clément. Tant que le patron ne se lassera pas de sa Teutonne, ton boulot est assuré. Sinon, le jeune Sérignac risque de te pousser dehors.

Les mains dans les poches de son pantalon, Jacques donna un coup de pied dans un caillou. Lucien ne lui apprenait rien : Martha l'avait déjà mis au courant. Mais ses paroles confirmaient bien la dégringolade financière du « châtelain ». Tous les indices concordaient : le troupeau de cent vaches était passé à trente et les dernières consignes du propriétaire portaient sur la vente prochaine de ses chevaux.

— En fait, commenta le métayer, ce que je redoute le plus te concerne. S'il ne peut plus te payer, il va d'abord se séparer de toi.

L'avertissement n'eut aucun effet sur Lucien.

— Avec les indemnités que je vais lui réclamer, s'esclaffa-t-il, ça m'étonnerait !

— Tu divagues ! Il peut faire de nous ce qu'il veut sans contrepartie.

L'ouvrier commença à se rouler une cigarette puis, prenant son temps, il l'alluma avec un vieux briquet.

— Il est loin de se douter de ce que je sais, continua-t-il.

Jacques sentit son dos se glacer. Qu'insinuait-il ? Les avait-il surpris, Martha et lui ?

Mal à l'aise, il se racla la gorge avant de reprendre sa fourche.

— S'agit-il de faits récents ?

La question n'amena qu'un sourire ambigu sur le visage de l'ouvrier. Sa cigarette au coin de la bouche, il paraissait jubiler intérieurement.

— Bon, déclara-t-il, j'ai encore des pailles à trier. Le chaumier vient demain.

Sous le regard mi-figue mi-raisin du métayer, il se dirigea vers le fenil.

Loin de leurs conciliabules, Louis Sérignac avait du mal à se concentrer sur les factures et les comptes que lui avait remis Jacques Clément. La fatigue lui pesait. Il était resté dans son bureau une grande partie de la nuit, échafaudant des projets qui s'avéraient, à chaque fois, impossibles à réaliser. Aucune banque n'acceptait de lui prêter de l'argent sans de solides garanties. « Il faut vendre ou hypothéquer ! » lui répétait-on.

Ses arguments n'avaient plus de poids devant l'inflexibilité des banquiers. Il avait beau objecter qu'auparavant on lui faisait confiance, les réponses étaient toujours les mêmes : « C'était avant, monsieur Sérignac, tout est changé à présent. »

La grisaille du jour qui se levait ne lui remontait guère le moral. Il se sentait acculé au bord d'un gouffre. Avec peine, il s'extirpa de son fauteuil pour rejoindre sa fenêtre. Une pluie fine masquait le paysage. Après la fête du 14 Juillet, le village se repliait sur lui-même, enveloppé dans un cocon sans lumière. Il tâta ses poches, trouva un paquet de cigarettes presque vide. En le sortant, il s'aperçut qu'il n'avait pas cessé de fumer durant la nuit. Il s'empara de la dernière blonde et l'alluma. Ses pensées allèrent vers Martha. Le moment de la séparation arrivait-il ? Que convenait-il de lui dire alors que le courage lui manquait ? Il savait bien que la meilleure solution était de rompre, de lui rendre sa liberté. Elle n'était plus heureuse, lui non plus. Son séjour à Vignols qui s'annonçait sous les meilleurs auspices virait au cauchemar. Qu'attendait-il pour la délivrer ? Dans un geste impulsif, il ouvrit sa fenêtre. Le papillon qui se cognait contre la vitre depuis quelques heures s'envola au-dehors. Il suivit sa trajectoire, mais l'insecte n'alla pas très loin. Epuisé par son ballet incessant ou surpris par la pluie, il fendit l'air puis tomba en vrille sur les graviers de l'allée.

Sa chute émut Sérignac. Ce papillon semblait porteur d'un message. Comme lui, Martha risquait de se brûler les ailes. Dans le fond, songea-t-il, elle est plus en sécurité ici. L'été avait encore de beaux jours devant lui. La renvoyer maintenant vers la capitale dont la plupart de ses amies étaient absentes pouvait la précipiter dans l'isolement et la solitude. Il referma sa fenêtre, persuadé que la décision devait venir d'elle.

Après un rapide passage dans la salle de bains, il descendit vers la salle à manger. Six heures trente sonnaient à la pendule mais Blanche, déjà là, préparait son petit déjeuner.

— Comment avez-vous deviné que je serais aussi matinal ? interrogea-t-il.

— A mon âge, Monsieur, j'ai le sommeil léger. Aux alentours de cinq heures, j'ai vu de la lumière sous la porte de votre bureau, alors je me suis dit que vous seriez en avance.

— Vous êtes une perle, Blanche. Soyez gentille, apportez-moi du café très fort, j'en ai bien besoin !

La servante ôta la théière mais, au lieu d'aller vers la cuisine, elle se tint droite près de Sérignac pour capter son attention, puis elle tendit le menton vers l'extrémité de la table :

— Monsieur a-t-il vu ?

Il maîtrisa mal un sursaut. Martha avait déjà dû prendre quelque chose parce qu'autour de la tasse vide, qu'il n'avait pas remarquée, des miettes de pain s'éparpillaient. Cependant, le plus troublant était l'enveloppe portant la mention « Pour Louis » adossée contre la tasse.

« On y est, pensa-t-il, voilà le mot d'adieu. »

— Vous pouvez disposer, fit-il à Blanche qui ne bougeait pas.

La servante obtempéra mais, au moment de quitter la pièce, le besoin de parler l'emporta sur sa réserve.

— Très tôt, ce matin, de ma fenêtre, j'ai entrevu Mademoiselle qui se faufilait dans le parc. Une voiture devait l'attendre, car peu après, j'ai entendu un moteur démarrer.

— Merci, Blanche.

La porte se referma, laissant Sérignac seul. Durant quelques instants, il contempla l'enveloppe, incapable d'effectuer le moindre geste. Des souvenirs l'assaillaient de toutes parts. De Paris à Vignols, des images de Martha jaillissaient comme des feux ardents. Plusieurs fois, il cligna des paupières pour récupérer ses esprits. Des pas résonnaient déjà dans le couloir. Blanche revenait avec le café. Dans un élan qui le surprit lui-même, il se rua sur la lettre puis l'enfouit dans l'une de ses poches. Deux coups discrets retentirent contre la porte avant que la servante ne réapparaisse, une cafetière à la main.

A présent, le train filait à une allure régulière. Victime d'une avarie de machine en gare de Brive, il avait différé son départ d'une demi-heure et prenait enfin sa vitesse de croisière. A cause de l'heure matinale sans doute, peu de voyageurs se pressaient dans les wagons. Martha était contente de n'avoir personne avec elle dans le compartiment de première classe qu'elle occupait. Dès que le train ralentit, elle quitta la banquette capitonnée et s'empara du modeste sac de voyage qu'elle avait emporté. Après un long coup de sifflet, les wagons s'immobilisèrent sur le quai. Une voix nasillarde se fit entendre : « Limoges, ici Limoges. »

Un trajet d'une heure et demie, ce n'était pas si long et pourtant, elle avait l'impression d'avoir voyagé beaucoup plus longtemps. Sur le quai, quelques personnes attendaient avec des parapluies. Elle les évita puis se retrouva dehors sous un ciel bas. Un estaminet était ouvert à l'angle de la rue qui longeait la gare. Elle entra, s'assit à une table et commanda un double café.

Au comptoir, des hommes en casquette fumaient et buvaient. Plusieurs d'entre eux lorgnèrent vers elle avec des sourires en coin. Des réflexions fusèrent. La présence d'une femme dans ce genre d'endroit leur apparaissait comme une provocation.

Martha en avait conscience. Elle avala son café, paya avant d'interroger le serveur :

— Connaissez-vous monsieur de Saint-Jabreilles ? Je suis à sa recherche.

La grimace du jeune homme fut éloquente :

— Que madame m'excuse, mais je ne fréquente pas les gens qui ont des noms à rallonge !

L'agitation et les rires gagnèrent les consommateurs agglutinés au comptoir. Elle préféra partir.

Au-dehors, la pluie qui ne cessait pas rendait les trottoirs glissants. De la ville et de ses toits mouillés se dégageait une sorte de tristesse qui la découragea. Comment retrouver le père d'Amélie alors qu'elle n'avait aucune adresse, pas même un prénom ? Sans conviction, elle se dirigea vers le centre de la ville, indiqué par une pancarte.

Peu à peu, le ciel s'éclaircit. Une trouée bleue perça les nuages sombres. Malgré cette embellie, une lassitude freinait les pas de Martha. Sa démarche lui semblait absurde, voire impossible. Elle pensait à

Louis, à Jacques et à sa vie qui bondissait d'un point à l'autre comme un cheval indompté. A tout cela s'ajoutaient des nouvelles alarmistes du journal qui l'employait. Son directeur de rédaction lui avait renvoyé certains de ses articles avec des demandes de corrections et des critiques sur ce qu'il appelait « un manque de travail en profondeur ». Une amie lui avait même téléphoné parce que des rumeurs de licenciements couraient au sein de l'équipe. Dans ces conditions, pourquoi déambulait-elle à Limoges, alors que sa présence à Paris était plus que souhaitable ?

En la dépassant, un homme trop pressé la bouscula sur le trottoir où elle cheminait.

— Pardon, s'excusa-t-il, je suis désolé.

Il souleva son chapeau avec politesse et la dévisagea d'un rapide coup d'œil.

— Puis-je vous être utile ? Cela rattrapera ma gaucherie.

Martha n'avait pas envie d'engager une conversation avec un inconnu à l'affût et dont la maladresse semblait calculée.

— Je vous remercie, monsieur, mais je peux me débrouiller seule.

— Ne vous méprenez pas ! insista-t-il. Je ne suis pas un importun, je voulais seulement vous dédommager de ma goujaterie.

Elle s'apprêtait à poursuivre son chemin quand une idée la fit changer d'avis.

— Dans ce cas, peut-être pouvez-vous m'aider ? Je recherche la famille de Saint-Jabreilles ou l'un de ses membres. Ce nom évoque-t-il quelque chose pour vous ?

Sa question lui valut un regard en biais. L'inconnu espérait sans doute une autre réaction. Elle crut qu'il allait décamper comme un animal abandonne une proie trop difficile et regretta de lui avoir adressé la parole. Mais après un haussement d'épaules, il prit un air plus conciliant et pointa un index sur sa gauche :

— Voyez-vous la place à quelques mètres d'ici ? Il y a un café juste à l'angle. Allez demander à son propriétaire. Vous le repérerez vite avec ses cheveux gris et son épaisse moustache ; c'est un Limougeaud de pure souche. Il doit connaître tous les habitants de la ville.

Martha eut à peine le temps de le remercier. Il remit son chapeau, balbutia un au revoir presque imperceptible et la laissa. Hésitante, elle se dirigea vers le lieu qu'il lui avait désigné.

Le bistrot ressemblait à tous les autres. Un endroit banal où des odeurs de tabac froid se mêlaient à celles des boissons. L'heure tournait, la plupart des hommes qui devaient le fréquenter étaient repartis. Le patron qui portait, en effet, une épaisse moustache lisait son journal, accoudé derrière son bar. Il la salua du bout des lèvres avant de se remettre à lire.

— Excusez-moi, fit-elle en s'approchant, on m'a dit que vous connaîtriez monsieur de Saint-Jabreilles.

Il continua sa lecture comme si de rien n'était, puis leva enfin la tête.

— Est-ce que je vous sers quelque chose ?

Martha comprit le marché. Il ne lui raconterait rien si elle ne consommait pas d'abord. C'était de bonne guerre. Bien qu'elle n'en ait pas envie, elle commanda un café. Silencieux, le patron remplit une tasse, la plaça devant elle puis se replongea dans son journal. La jeune femme avait peur de l'interrompre encore. Sa corpulence et son air bougon incitaient à la prudence. Elle choisit une tactique différente :

— Votre journal a l'air passionnant, est-il du pays ?

D'un geste las, le cafetier referma son quotidien. Sa mine taciturne et ses sourcils rapprochés en une barre oblique n'inspiraient aucune confiance à Martha. Déçue, elle glissa des pièces de monnaie sur le comptoir et décida de disparaître avant qu'il ne s'énerve.

— Vous oubliez quelque chose, l'interpella-t-il alors qu'elle atteignait la porte.

Un coup d'œil suffit à la jeune femme pour le voir brandir son sac de voyage. A contrecœur, elle revint sur ses pas, lâcha un merci sans enthousiasme puis, son sac à la main, regagna la sortie.

— Ne m'avez-vous pas posé une question, tout à l'heure ? interrogea-t-il soudain.

Prise de court, elle s'arrêta.

— C'est vrai, répondit-elle, mais vous n'y avez pas prêté attention.

Il éclata de rire avant de lisser sa moustache.

— Allons, ma petite dame, ne vous mettez pas en colère ! J'étais un peu perplexe. Qu'est-ce qu'une jolie femme comme vous peut bien vouloir à ce vieux grigou de Saint-Jabreilles ?

Pétrifiée, elle n'eut que le temps de s'écarter. Dans son dos, la porte du bistrot s'ouvrit toute grande et deux hommes entrèrent en chahutant :

— A boire, monsieur le baron ! réclama celui qui était le plus rouge.

Tandis que son compagnon s'esclaffait, joignant son hilarité à la leur, le patron du bar déboucha une bouteille. Prête à patienter malgré elle, Martha s'assit à l'une des tables.

14

Malgré la pluie qui tombait sur Pompadour, la place du château grouillait de monde. Des hommes en veste de toile avec casquette ou chapeau se pressaient de toutes parts. Chaque foire attirait son lot de passionnés. Acheteurs et vendeurs se côtoyaient autour des bêtes parquées, cherchant la bonne affaire. Parmi eux, Jacques Clément était le plus sollicité.

A côté de ses trois demi-sang et de ses deux anglo-arabes, il avait du mal à répondre au flux de questions dont on l'abreuvait. La nouvelle de la vente des chevaux de Sérignac s'était vite transmise de bouche à oreille. Au début, plusieurs avaient cru à une plaisanterie puis, à cause de quelques employés de banque trop zélés, la crise financière qu'il traversait avait alimenté les conversations.

Clément n'était pas à l'aise. L'étau se resserrait autour de lui. Après les bovins et les chevaux, viendrait le tour de la Citroën dont certains estimaient déjà le prix. Ensuite, que se passerait-il ? L'engrenage semblait irréversiblement amorcé.

— Alors, t'es dans la lune ?

Leroux, le minotier de Saint-Viance, lui donna une bourrade.

— Il en veut combien de son canasson ?

Que faisait-il là avec sa main rougeaude qui palpait la jambe de l'un des anglo-arabes et ses yeux qui scrutaient chaque parcelle de la robe alezane ?

Le tutoiement, la façon de s'intéresser à l'animal alors que tout indiquait son ignorance en la matière révulsèrent Clément. Il saisit la main de ce trouble-fête et, d'un coup sec, la retira des flancs du cheval :

— Il n'est pas pour vous ! Suis-je clair ?

La petite taille du minotier avait toujours été un handicap pour lui. Cette fois plus que jamais, elle jouait en sa défaveur. Il serra les dents. Comment remettre à sa place cet employé qui se prenait pour le patron ?

— Je pourrais les acheter trois fois le prix qu'en demande Sérignac, crâna-t-il, mais je traiterai directement avec lui quand tu ne seras plus là !

Clément que la colère gagnait faillit l'empoigner par le col de sa chemise lorsqu'il aperçut la silhouette d'un homme qui tranchait sur le reste de la foule.

Appuyé sur une canne au pommeau d'argent, vêtu d'un élégant costume, il suscitait des chuchotements sur son passage et n'eut aucun mal à se frayer un chemin jusqu'aux chevaux.

Quand Leroux le vit, il hésita un instant. Puis, profitant de ce que son algarade avec Clément ne focalisait plus l'attention, il décampa.

— Voilà celui qu'on n'attendait pas ! fit quelqu'un près du métayer.

Aussitôt, le cercle s'élargit autour des bêtes.

Le personnage en question, avec ses tempes blanchies sous un chapeau de feutre gris, se pencha vers celui qui paraissait l'accompagner et lui murmura quelque chose en aparté. Après avoir acquiescé, l'autre s'approcha des chevaux et, dans un silence impressionnant, se mit à les inspecter depuis le bout des oreilles jusqu'à la queue.

— Quel prix pour celui-ci ? demanda-t-il en désignant le plus fringant des deux pur-sang.

— Sept mille. L'autre est à six mille. Quant aux demi-sang, leur prix est à débattre.

Entouré de curieux qui se taisaient, Clément avait bien compris qu'il avait affaire à un important personnage. A son apparence, il était facile de deviner que cet homme jouissait de confortables moyens financiers. Un sourire moqueur se dessina sur les lèvres du riche interlocuteur. Il leva sa canne puis la rabaissa comme s'il trouvait les chiffres disproportionnés. Son regard s'attarda sur l'étalon qu'il convoitait :

— Est-ce le fils de Sultane ? Je crois reconnaître en lui les qualités de sa mère.

Dominant sa surprise, Clément approuva d'un hochement de tête. Voilà cinq ans que Sultane avait été abattue après une mauvaise chute qui lui avait cassé deux jambes. Il se souvenait encore du chagrin de Sérignac et surtout de celui d'Alban qui aimait tant la monter. Qui donc était cet homme pour se remémorer aussi bien les caractéristiques de la jument ?

— Je prends les deux à quinze mille ! s'exclama soudain un deuxième acheteur en surgissant près d'eux.

Tous les visages se tournèrent vers le nouveau venu et les commentaires refleurirent.

André Lafarge, surnommé « le Redoutable », était connu de tous les amateurs de chevaux. Il opérait pour le propriétaire de l'un des meilleurs haras de Pompadour et obtenait toujours les bêtes qu'il convoitait. L'homme en costume ne put que s'incliner. Il s'approcha du fils de Sultane, tapota sa croupe :

— J'aurais tant aimé l'avoir, regretta-t-il.

— Si vous me donnez votre nom, suggéra Clément, j'en ferai part à monsieur Sérignac. Je suis sûr qu'il sera sensible à votre intérêt, et peut-être trouvera-t-il un arrangement ?

Un rire amer lui répondit.

— Quel arrangement ? Vous lui direz que François de Saint-Jabreilles était prêt à acquérir l'étalon dont la mère, la fameuse Sultane, lui appartenait. Ça suffira.

Escorté par l'homme qui avait examiné les chevaux pour lui, il monta dans une voiture arrêtée plus loin et démarra.

— Eh bien ! rappela à l'ordre Lafarge, en s'adressant à Clément encore abasourdi. On la signe, cette vente ?

Déjà le ballet reprenait autour des demi-sang. On s'intéressait à présent aux dents, aux jarrets et même aux sabots des animaux, commentant ou critiquant sans se priver. La tête ailleurs, Jacques scella la vente des pur-sang selon la coutume. Après avoir fait claquer sa main dans celle de l'homme d'affaires, il sortit les papiers qu'il avait emportés tandis que Lafarge recomptait l'importante liasse de billets. Une fois le marché conclu, le nouveau propriétaire fit monter les deux pur-sang dans une remorque garée près de la place. Malgré les billets à l'abri dans la poche de sa veste, Clément avait le cœur gros. Il aimait ces chevaux, les voir galoper quand Sérignac et son fils les montaient avait toujours été un plaisir. Ce départ marquait bien la fin d'une époque prospère et sereine. A regret, il se détourna pour s'occuper des bêtes qui restaient.

La deuxième vente ne fut pas longue à se conclure. La renommée des chevaux de Sérignac, comme celle de tout son cheptel, attisait les convoitises. Même si la période était peu propice aux bonnes affaires, Clément quitta la foire plutôt satisfait. A part l'incident avec le minotier et surtout l'étrange apparition de Saint-Jabreilles, la vente s'était bien déroulée. Il retrouva le frère de Lucien qui avait accepté de transporter les bêtes avec son camion, moyennant un repas et une bonne bouteille.

La tension retombée, le retour fut silencieux. Jacques ne se sentait pas d'humeur bavarde. Il ruminait les propos de Saint-Jabreilles en pensant à Martha. Le peu qu'elle lui avait raconté sur l'épouse de Sérignac et les affirmations de cet homme suffisaient à le perturber. A l'arrivée, il échangea une poignée de main avec le frère de Lucien en s'excusant de n'avoir pas été très loquace.

— Ne t'inquiète pas ! le rassura l'autre. Tout le monde sait que ton patron a de graves ennuis. C'est normal que tu sois soucieux.

Après un dernier signe, il embraya pour continuer sa route.

Au-dessus du camion, le ciel se dégageait enfin sous un vent soutenu. Jacques lissa ses cheveux avant de vérifier que l'intérieur de sa veste abritait toujours les billets puis, d'un pas lent, il se dirigea vers la maison de Sérignac.

La belle demeure ne lui était pas familière. Ses rares visites le menaient toujours le long du couloir qui aboutissait au bureau du maître des lieux. Une fois seulement, il avait eu le droit d'entrer dans le salon, mais c'était il y a fort longtemps, peu après son arrivée au domaine.

Blanche l'accueillit et le précéda dans le couloir. Il regardait chaque porte avec la peur de voir apparaître Martha et de trahir son émotion, mais ce fut Sérignac qui vint au-devant de lui :

— Bonjour, mon ami, je vous attendais.

Malgré un ton qu'il essayait de rendre chaleureux, Jacques perçut son impatience.

— J'ai vendu Akim et Rodéo pour quinze mille francs à André Lafarge, déclara-t-il tout de suite. Les trois autres sont partis à quatre mille, comme convenu.

Un sourire s'épanouit sur le visage de Sérignac. Il invita son métayer à venir s'asseoir en face de lui. Un étui à cigares traînait entre deux piles de papiers. Il l'ouvrit puis le présenta à son hôte d'un air enjoué.

— Servez-vous et racontez-moi cette journée en détail !

Bien qu'il n'en eût pas très envie, Clément crut bon d'accepter. Mais auparavant il s'empressa de poser la liasse de billets sur le bureau. De plus en plus souriant, Sérignac lui tendit la flamme de son briquet. En s'approchant, Clément découvrit alors une photo de Martha dans un cadre argenté posé en biais sur le bureau.

— Elle est jolie, non ? fit Sérignac qui remarqua son coup d'œil et son léger tressautement. Qu'en pensez-vous ?

Concentré sur sa première bouffée, le malheureux fut pris d'une quinte de toux.

— Pardon, s'excusa-t-il, je n'ai pas l'habitude.

Son patron éclata de rire.

— Voulez-vous dire que vous n'avez pas l'habitude des jolies femmes ?

Riant toujours, il se cala dans son fauteuil. Jacques se contrôla pour ne pas lui renvoyer une réplique cinglante. Une jalousie insidieuse et brutale le terrassait, décuplant sa colère. Indifférent, Sérignac continua sur sa lancée :

— Nous ne parlons jamais d'homme à homme. Parfois, je le déplore. Figurez-vous, enchaîna-t-il, que ce matin, Martha m'a laissé un mot pour m'avertir qu'elle se rendait à Limoges. Naïf comme je le suis, avant de le lire, je croyais qu'il s'agissait d'un mot d'adieu.

Il posa son cigare :

— Vous voyez, je ne vous cache même pas mes faiblesses.

Jacques respirait une fumée de plus en plus âcre et nauséabonde qui l'envahissait jusqu'au dégoût. Il ne désirait plus qu'une chose : s'en aller, échapper aux confidences de celui qui s'octroyait le droit de s'épancher sans même lui demander son avis.

— Vous n'avez pas répondu à ma question de tout à l'heure, insista Sérignac.

Clément se leva. Le jeu avait assez duré.

— Pardon, mais je suis fatigué, expliqua-t-il. Peut-être poursuivrons-nous cette conversation une autre fois ?

— Je vous reconnais bien là. Vous vous repliez comme un escargot dans sa coquille.

— En fait, reprit Clément, ma journée a été difficile avec les tractations, le transport des chevaux et toutes les démarches. J'aimerais me reposer.

— C'est bon, je ne vous retiens pas.

Soulagé, le métayer le salua avant de gagner la porte. Mais Sérignac n'en avait pas terminé. Sa voix moqueuse l'arrêta sur le seuil :

— Vous êtes un curieux personnage !

Sans hâte, Clément se retourna :

— J'ai oublié de vous dire que monsieur de Saint-Jabreilles était à Pompadour. Il voulait acheter le fils de Sultane. La jument lui appartenait, m'a-t-il affirmé.

Il vit Sérignac blêmir avant de ramasser les billets entassés devant lui.

— Je croyais que vous deviez vous reposer ? fit-il en rangeant l'argent dans un tiroir.

Un petit sourire aux lèvres, Jacques referma la porte et s'éclipsa.

15

Sous la lueur des premiers rayons du soleil, Limoges s'éveillait.

Les pluies de la veille s'étaient arrêtées pour de bon et les arbres du jardin de l'évêché dressaient leurs têtes dans une lumière cuivrée. De la fenêtre de sa chambre, Martha voyait même une partie de la Vienne couler sous un pont.

Le petit hôtel dans lequel elle avait échoué la veille au soir était tranquille et confortable, même si elle n'avait pas beaucoup dormi. La cloche de la cathédrale Saint-Etienne sonna six heures trente. Elle se dirigea vers le cabinet de toilette attenant à sa chambre et commença à se préparer. Dans sa tête, l'adresse de Saint-Jabreilles, que le patron du bar lui avait donnée, trottait comme une rengaine. A la vue du billet qu'elle avait glissé sous son verre de limonade, il était devenu soudain prolixe et même amical :

« Sept, rue du Clocher, avait-il clamé. Mais il doit être à Pompadour aujourd'hui, il s'y tient une foire exceptionnelle aux chevaux, allez plutôt le voir demain ! »

Le conseil avait porté ses fruits. Après une visite de la ville, Martha avait choisi l'hôtel du Lion-d'Or.

Une fois prête, elle s'aperçut que ses mains étaient froides sous l'anxiété qui la gagnait. Le moment attendu et redouté à la fois approchait à grands pas. Du coup, les ombres de Louis et de Jacques s'éloignaient, la libérant des questions qu'elle remâchait sans fin. Elle descendit l'escalier recouvert d'un tapis rouge usagé avant de parvenir dans le hall d'entrée où elle ne rencontra personne. Plusieurs longues minutes s'écoulèrent avant qu'une femme assez corpulente, bâillant à s'en décrocher la mâchoire, ne vienne enfin.

— Pourrais-je avoir un petit déjeuner ? demanda Martha.

— Je vous l'apporte. Installez-vous !

La salle à manger, située juste à côté de l'entrée, comportait quelques tables où traînaient encore des assiettes sales de la veille.

— Je n'ai pas eu le temps de débarrasser, fit celle qui semblait être une femme de chambre, mais il y a bien une petite place !

Devant le désordre qui régnait, Martha n'avait plus envie de s'éterniser et préféra réclamer son addition. Par chance, la facture était prête. Elle paya rapidement puis sortit pour se perdre de nouveau dans le cœur de Limoges.

Le temps redevenu sec et chaud berçait ses pas le long des rues encore calmes. Avant de manger quelque chose, elle voulait d'abord aller jusqu'à la rue du Clocher, repérer la maison dans laquelle vivait le père d'Amélie. Ensuite seulement, elle se sentait capable d'attendre une heure plus décente pour sonner chez lui. Elle arrêta quelques passants qui la renseignèrent sur le chemin à suivre. Lorsqu'elle déboucha dans la petite rue, une demi-heure était passée depuis son départ de l'hôtel. Abritée sous des arcades, la demeure semblait aussi ancienne que ses voisines, datant sans doute du siècle dernier. Aucun signe particulier ne la distinguait des autres, à part une lourde porte cochère dont l'aspect rappelait celles des auberges d'autrefois. Sur le côté gauche du mur, Martha vit une sonnette et « François de Saint-Jabreilles » écrit juste au-dessous. Elle traversa alors la rue et se posta sur le trottoir d'en face pour mieux contempler la façade. A l'une des fenêtres, un rideau se souleva. Une silhouette apparut quelques instants. Quelqu'un devait l'épier derrière la vitre comme si sa présence sur ce trottoir avait quelque chose d'incongru. Il était facile de se représenter le vieux Saint-Jabreilles agissant comme la plupart des personnes de son âge. Pour se distraire, il devait regarder l'animation de la rue. Martha décida de s'éloigner afin de ne pas attirer son attention.

Après avoir bu un café dans une brasserie assez fréquentée, elle s'acheta une brioche qu'elle mangea assise sur un banc, près de la place de la République. Quelques groupes d'ouvriers qui se rendaient à l'usine de porcelaine la sifflèrent. Elle attendit qu'ils soient à une bonne distance pour reprendre sa route. L'idée de téléphoner à Louis l'occupa un moment mais elle renonça, préférant se concentrer sur la façon d'aborder Saint-Jabreilles.

Quand son doigt enfonça le bouton de la sonnette, elle avait eu le temps d'examiner son image dans la glace de son poudrier. Une petite touche de rouge à lèvres faisait oublier les cernes qui ombraient ses yeux. La fatigue de la nuit, jointe à l'énervement, avait accompli quelques dégâts. Elle n'espérait qu'une chose : que Saint-Jabreilles soit sensible à son aspect de jeune femme lisse et soignée. Elle patienta de longs instants, surveillant la porte, impatiente et craintive. Au bout de cinq bonnes minutes, persuadée qu'il n'avait pas entendu, elle leva de nouveau le bras mais la porte s'entrebâilla puis s'ouvrit sur un homme qu'elle reconnut aussitôt. Son pantalon noir et son gilet rayé ne pouvaient faire illusion : Albert était en face d'elle.

Ils se dévisagèrent, aussi stupéfaits l'un que l'autre.

— Est-ce monsieur Sérignac qui vous envoie ? finit-il par demander.

Sa question résonnait comme un avertissement. Martha n'avait plus sous les yeux un homme débonnaire et bienveillant. La méfiance durcissait ses traits.

— Il ne sait rien, répondit-elle. Je suis venue de ma propre initiative pour rencontrer monsieur de Saint-Jabreilles. J'ignorais que vous étiez maintenant à son service...

— Monsieur de Saint-Jabreilles me connaît et m'apprécie depuis si longtemps qu'il n'a pas hésité à m'engager.

— Je suis contente pour vous, Albert. Pouvez-vous me conduire auprès de lui ?

— Il n'en est pas question, mademoiselle.

Sa phrase tombant comme un couperet la révolta. De quoi se mêlait-il ? Pourquoi filtrait-il ainsi les visites ?

— Au nom de quoi ou de qui m'interdisez-vous de le voir ? s'emporta-t-elle.

— Il a cru bien faire, dit une voix derrière eux, sur le trottoir.

Martha se retourna. Un homme âgé en costume clair, une canne à la main, la regardait. Bien qu'un peu voûté, il la dépassait bien d'une tête. Avec une élégance naturelle, il souleva le chapeau qu'il portait. Ses cheveux blancs encore abondants accentuaient la couleur gris-bleu de ses yeux. Il n'avait pas besoin de se présenter tant le haut de son visage ressemblait à celui d'Amélie sur la photo.

— A qui donc ai-je l'honneur, chère madame ? continua-t-il en s'inclinant.

— Mademoiselle Wieder, Martha Wieder, reprit-elle. Mon nom ne vous dit pas grand-chose mais je viens de Vignols dans l'espoir de vous parler.

— C'est la fiancée de Louis Sérignac, s'empressa de préciser Albert.

La figure de Saint-Jabreilles se décomposa : le sourire plutôt bien disposé qu'il affichait disparut pour laisser place à un air sévère et distant.

— Dans ce cas, fit-il en la bousculant presque pour rejoindre une petite cour qu'on distinguait derrière la grande porte, vous m'excuserez, je n'ai aucun moment à vous consacrer.

Sans même lui jeter un autre regard, il s'éloigna.

— Je vous avais prévenue, dit Albert.

Martha ne savait plus comment réagir. La porte se refermait déjà et l'expression faussement désolée du domestique ne changeait rien à l'affaire. Si quelque chose ne se produisait pas maintenant, elle n'aurait plus jamais la possibilité d'en apprendre davantage. Dans un élan de désespoir, elle se rua, le bras en avant pour l'empêcher de claquer la porte. Albert hurla :

— Attention !

Mais il était trop tard. Le sac qu'elle tenait tomba sur le sol. Malgré la promptitude du domestique à rouvrir la porte, elle s'affaissa, pliée en deux sous l'effet de la douleur.

16

Martha cligna des yeux sous la clarté aveuglante du soleil. Des voix assourdies, lointaines devinrent plus précises.

— Elle revient à elle, s'exclama quelqu'un.

Au-dessus de son visage, les traits d'Albert se dessinèrent, puis elle sentit qu'on cherchait à lui faire boire quelques gouttes d'alcool qu'elle refusa en tournant la tête.

Allongée sur un divan, face à une fenêtre inondée de lumière, elle n'avait comme point de repère que la douleur lancinante de son bras droit enveloppé d'un pansement sommaire.

— Vous auriez pu avoir le bras sectionné !

Une silhouette et une voix qu'elle n'eut aucune difficulté à reconnaître tant leur souvenir était proche succédèrent à celles d'Albert. Elle se trouvait bien chez Saint-Jabreilles et ce dernier la contemplait avec un apitoiement qui la secoua.

Elle tenta de s'asseoir mais le mouvement la fit gémir.

— Laissez-moi vous aider !

En parfait gentleman, Saint-Jabreilles lui présenta son bras pour qu'elle y accroche sa main et se redresse. Bien que délicate, la manœuvre s'avéra concluante. Le dos soutenu par deux épais coussins, Martha put regarder autour d'elle. Oubliant un instant la brûlure qui la tenaillait, elle découvrit un intérieur qui ne ressemblait en rien au vieil aristocrate.

Les murs de la pièce étaient plutôt dans un état défraîchi et les meubles, presque inexistants. Le divan usé sur lequel on l'avait déposée, le grand miroir au tain piqué au-dessus de la cheminée et le lustre en cristal terni rappelaient un faste qui n'existait plus.

Albert, qui s'était absenté, revint en portant un plateau sur lequel il avait placé deux verres et une carafe remplie d'un liquide ambré.

— Vous allez boire un peu de porto avec moi, proposa Saint-Jabreilles. Albert vous conduira ensuite chez le médecin qui habite à deux pas.

Martha pensa qu'elle n'avait pas le choix. Il agissait en conformité avec les règles de sa classe sociale, mais on ne sentait chez lui aucune réelle empathie. Il cultivait la distance pour mieux se protéger, sans doute.

— C'est si gentil de m'avoir amenée jusqu'ici, avoua-t-elle. Je ne me souviens plus de ce qui s'est passé après ma chute.

— Albert vous a ramassée à demi inconsciente, j'espère que vous ne vous êtes pas cassé le bras.

— Je crois que la porte a pincé et même entaillé ma peau assez profondément, mais rien de plus grave.

Il prit une chaise près de la fenêtre et l'approcha du divan pour s'asseoir, puis offrit un verre à Martha.

— A votre santé ! chère mademoiselle, vous pourrez au moins raconter à votre fiancé que j'ai gardé quelques manières.

Sa phrase sibylline acheva de la sortir de sa torpeur. Chaque seconde passée auprès de lui comptait. Bientôt, elle n'aurait plus l'occasion de l'interroger. Elle leva son verre en le remerciant encore, but une gorgée pour se stimuler puis se lança :

— Amélie a donc été élevée dans cette maison ?

Saint-Jabreilles se figea avant de reposer son verre.

— Je vois que vous allez beaucoup mieux, dit-il en quittant sa chaise. Albert va vous raccompagner.

Il marcha jusqu'à la fenêtre, fit semblant de regarder quelque chose au-dehors. Martha ne voyait que son dos et ses mains dont les doigts se croisaient avec nervosité.

— J'aimerais tant que vous me parliez d'elle, osa-t-elle poursuivre.

Sa phrase ne déchaîna pas tout de suite la tempête qu'elle craignait. Il n'y eut qu'un long silence avant que le vieil homme ne décroise ses mains.

— Voilà dix ans que j'exige que l'on ne m'en parle plus, lâcha-t-il excédé, et il faut que ce soit vous qui brisiez ce silence…

Il se retourna. Martha était debout, prête à l'affrontement. Il la détailla de la tête aux pieds. Malgré ses efforts, il ne pouvait demeurer insensible à son charme. Pourquoi se mettre en colère contre cette jeune femme dont il ne savait rien sinon qu'elle avait risqué de se blesser grièvement pour s'introduire chez lui ? Son audace n'avait d'égal que son inconscience. Que cherchait-elle ici ?

— Pour quelles raisons tenez-vous tant à me rencontrer ? J'ai rayé de ma vie tout ce qui concerne Sérignac.

— Et pourtant vous avez pris Albert à votre service !

Saint-Jabreilles se mit à rire.

— J'espère que ce sera répété !

— Non, répondit Martha, Louis ignore même que j'ai retrouvé votre trace.

Le vieil homme se perdit dans la contemplation du parquet. La sincérité de la jeune femme semblait réelle, mais elle ne fournissait aucun détail sur ses motivations. Comme Albert réapparaissait, espérant sans doute accélérer son départ, Martha se rapprocha de Saint-Jabreilles.

— Depuis que je suis à Vignols, j'entends Amélie m'appeler. Je dors et je rêve d'elle. Partout où je vais, elle est là comme si elle me demandait un repos qu'elle ne parvient pas à trouver.

Les yeux égarés du vieil homme rencontrèrent ceux d'Albert. Ni l'un ni l'autre ne bougeait. Les mots prononcés par Martha les liaient dans une même stupeur. Après une grimace soudaine, Saint-Jabreilles porta la main à son cœur. Albert se précipita. Aidé par Martha, il l'installa dans un fauteuil. Ses joues creuses et grises faisaient peine à voir.

— Je vais chercher ses médicaments, annonça le domestique. Surveillez-le, je vous prie !

Mue par un sentiment de piété filiale qu'elle n'avait pas éprouvé depuis longtemps, Martha saisit les mains glacées du malade et les frotta dans les siennes pour leur redonner un peu de chaleur. Elle sentit les tensions qu'il retenait céder petit à petit. Il s'abandonnait à ses soins, vaincu et consentant. Quand Albert lui fit avaler une pilule avec un verre d'eau, ses joues reprenaient déjà des couleurs.

— Il faut dire au médecin de venir, ordonna-t-il alors d'une voix raffermie. On a oublié le bras de mademoiselle !

En ce tout début d'après-midi, les rues désertes et brûlantes de la ville offraient de rares zones d'ombre où Martha se réfugiait. Soignée et protégée par un large pansement, la blessure de son bras était moins cuisante.

« Vous avez eu de la chance », avait seulement constaté le médecin.

Maintenant, elle se promenait à la recherche d'un fleuriste. Revenir chez Saint-Jabreilles avec des lys, les seules fleurs qui ornaient la tombe d'Amélie, finirait, pensait-elle, par percer la carapace derrière laquelle il s'abritait encore. Après quelques détours, elle repéra une enseigne sur le trottoir d'en face et traversa. Comme elle examinait les bouquets disposés autour de l'entrée, sous un auvent de toile, une voix la héla. Encore essoufflé d'avoir couru, Albert l'avait rejointe.

— Monsieur se repose, expliqua-t-il, alors j'ai pensé qu'il valait mieux que je vous parle. Ne revenez pas comme il vous l'a demandé ! L'état de son cœur en dépend.

Après la visite du docteur et un frugal repas, François de Saint-Jabreilles, habitué à une sieste, avait en effet fixé un rendez-vous à Martha dans l'après-midi.

« Je serai plus en forme pour évoquer le souvenir de ma fille, avait-il précisé. Remuer le passé est toujours pénible pour moi. »

Sur le trottoir, des piétons ronchonnèrent parce que Martha et Albert gênaient leur passage. La jeune femme entraîna le domestique à l'écart.

— Je n'ai pas d'ordre à recevoir, le sermonna-t-elle, j'irai au rendez-vous comme convenu.

Sa virulence le dérouta. Il bafouilla puis devint presque implorant :

— Vous allez le tuer. Il est malade et ne supportera pas de revivre un passé aussi terrible pour lui. N'avez-vous donc aucune pitié ?

— Si je m'en vais, mon voyage n'aura servi à rien. Pourquoi tant de mystère ? Je ne suis pas là en ennemie.

Il soupira. Elle n'était pas près de lâcher prise. Aucun obstacle ne semblait la rebuter.

— Je sais d'avance ce qu'il vous racontera, finit-il par dire. Amélie était une sainte. Elle a fait beaucoup de bien autour d'elle. La fortune des Saint-Jabreilles était considérable mais petit à petit, elle a été rognée, rongée comme du bois attaqué par un parasite. Même la fabrique d'ardoises a été vendue.

— Que dites-vous ?

— Vous savez l'essentiel, à présent. Amélie adorait son père, si elle vivait encore, elle vous demanderait de l'épargner.

Il mit la main sur ses yeux, renifla :

— Vous voyez, je peux à peine parler de tout ça. Pardonnez-moi, mais il faut que je rentre. Monsieur m'attend. Adieu, mademoiselle.

Martha n'eut que le temps de le rattraper par le bras.

— Le parasite qui s'attaque au bois, ne serait-ce pas une image pour suggérer la voracité de Louis Sérignac ?

— Vous savez tout, reprit-il. Adieu, mademoiselle.

Il courut vers le trottoir opposé, évitant de justesse un cycliste qui fit tinter sa sonnette.

17

Sous un ciel étoilé, la garden-party commençait. Au milieu des tables dressées, regorgeant de victuailles et de boissons, des lanternes éclairaient l'avant du parc de petites lumières phosphorescentes. Comme des insectes curieux, les invités se rassemblaient autour d'elles. Tout le village avait été convié par Louis Sérignac. Un petit orchestre placé près de la maison jouait des airs de rumba. Blanche dirigeait trois serveuses embauchées pour la circonstance.

— Voilà des mois qu'il n'a pas organisé une telle fête ! chuchotait-on parmi ceux qui se pressaient devant les tables sans se soucier des autres convives.

Le maire fit une courte apparition, le temps de serrer la main de Sérignac et celle d'Alban, revenu exprès de Paris.

— Je suis heureux de voir que les bruits qui courent sur vous ne sont pas fondés, dit-il. Votre situation semble plutôt florissante, quelle réception !

Sérignac donna un coup de coude discret à son fils. La petite égratignure du maire ne l'étonnait guère. Sous des manières courtoises, il y avait toujours eu de la rivalité entre eux. Leurs opinions politiques divergentes n'étaient pas seules en cause. Le vaste domaine et le mode de vie de Sérignac avaient de quoi faire grincer bien des dents.

— Voulez-vous boire un peu de champagne ? proposa Alban.

Il refusa, prétextant qu'il ne pouvait prolonger sa visite, et repartit non sans avoir loué une dernière fois une si chaleureuse et cordiale initiative.

Loin des inévitables tensions qu'une telle réception réveillait chez les notables, un jeune couple se mit à danser imité presque aussitôt par d'autres. Savourant sa troisième coupe de champagne, Sérignac les regardait d'un œil paternaliste.

— C'est une fête comme du temps de maman, fit Alban.

— Amuse-toi ! conseilla son père. J'aimerais que cette soirée nous réconcilie pour de bon.

Le garçon haussa les épaules.

— Je ne suis pas fâché avec vous, mais il y a un obstacle entre nous et vous savez lequel. Si vous le permettez, continua-t-il, je vais voir Blanche, je n'ai même pas eu le temps de l'embrasser.

Il se dirigea vers la servante qui goûtait un peu de repos, assise à l'écart.

Sérignac ne demeura pas seul longtemps. Une bande de joyeux drilles l'entourèrent et le gratifièrent d'une ovation retentissante pour le remercier.

Le tohu-bohu et les échos de l'orchestre emplirent la nuit.

Vers vingt-deux heures, le taxi qui transportait Martha s'arrêta près de la grille. Elle préférait la gare de Brive et ses lignes élancées à celle plus modeste de Vignols.

— On s'amuse bien ici ! ironisa le chauffeur. Vous êtes invitée, je suppose ?

Elle bafouilla en réglant la course, perturbée par cet accueil inattendu. Le chauffeur n'insista pas. Son pourboire le satisfaisait, le reste n'avait aucune importance. Il laissa descendre sa cliente puis repartit.

Martha emprunta l'allée principale du parc. Le bruit et les lumières se mêlaient à la fatigue de son voyage et à la douleur que son bras lançait par intermittence. Elle croisa des gens riant et buvant qui la saluèrent comme une amie alors qu'elle se sentait lointaine, détachée. L'une des serveuses qui virevoltait d'un groupe à l'autre lui présenta un plateau :

— Servez-vous, madame ! Il y en a pour tout le monde.

— Pouvez-vous me dire ce que l'on fête ?

— D'après ce que j'ai entendu, monsieur Sérignac organise cette réception pour les dix-neuf ans de son fils.

Martha la remercia d'un sourire puis se faufila jusqu'à un endroit moins fréquenté. Où Louis avait-il trouvé l'argent, lui qui se plaignait sans cesse d'un constant revers de fortune ? Elle eut l'impression d'un immense gaspillage et chercha Jacques. A lui, elle pouvait raconter son voyage et récupérer une énergie salvatrice, mais comment le rencontrer dans cette foule ? Etait-il seulement là ? De loin, elle n'aperçut que la silhouette de Louis debout sur le perron. Il paraissait en grande forme et discutait avec des hommes du village qui avaient tous un verre à la main.

La musique avait cessé mais le bruit des voix persistait, ronflant comme une mer agitée. Tout à coup, une évidence la frappa. Voilà comment Louis Sérignac avait dilapidé l'argent des Saint-Jabreilles. Durant des années, il avait dû dépenser sans mesure. Les dernières paroles d'Albert devenaient transparentes. Ce soir, elle avait la confirmation de ses propos. Mais pourquoi Louis ne parlait-il que de ses propres terres et d'un domaine hérité de ses ancêtres sans évoquer les biens de son épouse ?

Un bonsoir énoncé avec peine interrompit ses réflexions. Alban, qui mangeait un petit-four, l'accosta en mâchonnant.

— Mon père a toujours eu le goût des festivités. Ne trouvez-vous pas cela réussi ?

— Je vous souhaite un très bon anniversaire, répondit-elle, et je me réjouis de votre retour. Louis doit être heureux.

— Ne vous méprenez pas ! Je suis toujours dans les mêmes dispositions d'esprit. Mon père m'a tellement talonné que j'ai accepté de venir pour lui et pour le village. C'est mieux que l'on nous voie ensemble.

Son agressivité était intacte. A quoi bon poursuivre ce dialogue de sourds ?

Martha s'excusa de ne pouvoir prolonger la conversation et s'apprêta à le laisser, mais il se mit au travers de son chemin.

— N'étiez-vous pas à Limoges, aujourd'hui ?

De nouveau, il devenait inquisiteur, fouillait sa vie.

— C'est une jolie ville, n'est-ce pas ? reprit-il en saisissant au passage une coupe de champagne sur un plateau.

Elle s'impatienta :

— C'est une très belle ville, mais vous m'empêchez de passer.

Avec un sourire moqueur, il effectua une révérence.

— Nous nous retrouverons plus tard.

Elle entra dans la maison pour poser son sac de voyage. Cette confrontation gâchait son retour. Dans le vestibule, elle se heurta à Sérignac, en bras de chemise, les pommettes rouges.

— Quelle superbe soirée, n'est-ce pas, ma chérie ?

Il l'enlaça, effleura sa bouche d'un rapide baiser puis l'entraîna vers le salon. Echauffé comme il l'était, son empressement annonçait une suite qu'elle redoutait. Mais lorsqu'ils furent seuls dans la pièce, il se précipita sur sa veste, abandonnée sur le dos d'un fauteuil, et en sortit un petit paquet.

— C'est pour toi !

Martha ouvrit le cadeau, les mains tremblantes. Qu'avait-il inventé ? Dans un écrin tapissé de satin blanc, une bague ornée d'un imposant saphir apparut.

— Tu n'aurais pas dû, articula-t-elle, désemparée.

Devant une telle dépense, une panique intérieure la tétanisait. Il interpréta sa pâleur et ses tremblements comme un plaisir qu'elle ne maîtrisait pas.

— Tu entres dans la famille Sérignac, Alban devra s'y habituer. Cette bague a été portée par ma grand-mère et par ma mère.

Il la passa au doigt de la jeune femme puis embrassa sa main.

— Je savais que cela te rendrait heureuse, ma chérie. J'aimerais rester avec toi, mais les invités m'attendent. Politesse oblige, je ne peux pas les négliger.

La beauté et la taille de la pierre précieuse avaient de quoi couper le souffle, pourtant ce n'était pas ce qui préoccupait Martha. Elle songeait à tout autre chose. Comment refuser ce cadeau ? Comment expliquer à Louis qu'il allait trop loin et qu'elle se sentait de moins en moins prête ?

— Après ta mère, questionna-t-elle tandis qu'il rouvrait la porte, quelqu'un d'autre…

— Oui, coupa-t-il, pressé, Amélie a aussi porté cette bague. N'est-ce pas normal, une fois de plus ?

A travers les interstices des volets, la lumière crue du soleil dessinait des rais sur le sol de la chambre. Un oiseau chantait à tue-tête au-dehors. Il réveilla Martha. A côté d'elle, Louis dormait avec un léger râle trahissant la profondeur de son sommeil. Des images de la veille lui revinrent en mémoire : la fête, le champagne qu'elle s'était mise à boire plus que de raison, puis le désir impérieux de Louis, libéré, désinhibé par l'alcool. Il s'était jeté sur elle, l'étreignant sans réserve jusqu'à ce que son bras malmené la fasse crier puis pleurer de douleur.

Dégrisé, Louis avait reculé, penaud, confus.

« Je me suis blessée avec la portière du train », avait expliqué Martha, contente qu'il ne s'appesantisse pas et s'endorme peu après, assommé de fatigue. Elle sortit sans bruit du lit. L'oiseau ne chantait plus. Il s'était sans doute envolé vers un autre arbre, un autre jardin. L'eau froide de la salle de bains atténua les coups sourds qui cognaient à ses tempes. Dans l'armoire de toilette, elle trouva deux cachets d'aspirine qu'elle avala avec un verre d'eau puis descendit vers la cuisine pour prendre un café.

A la vue de sa main gauche posée sur la rampe d'escalier, elle s'immobilisa. La bague offerte par Louis était encore à son doigt. Il suffisait qu'elle rencontre Alban pour que ce dernier s'en offusque ; s'ensuivraient alors les inévitables sarcasmes dont il était friand. Elle l'enleva de son auriculaire et la cacha dans une poche de la robe qu'elle avait revêtue à la hâte.

Dans la cuisine, l'horloge indiquait onze heures. Des bouteilles vides jonchaient le sol et la table. Par la fenêtre, elle vit un chat qui se régalait avec des restes de nourriture tombés dans le jardin. Non loin de lui, Blanche grognait contre le désordre en débarrassant et en balayant les planches posées sur des tréteaux qui avaient servi de tables. Martha la salua d'un bref bonjour avant de remarquer qu'une cafetière trônait sur la cuisinière en fonte. Elle commençait à se remplir un bol de café lorsque Alban surgit, une valise à la main.

— Vous avez du courrier, dit-il, mais j'ai fait une bêtise, j'ai ouvert la lettre en croyant qu'elle m'était adressée.

Un voile rouge passa devant les yeux de Martha.

— Ne vous avisez pas de recommencer !

D'un bond, elle lui arracha l'enveloppe des mains et quitta la cuisine, alors que les pas de Louis Sérignac retentissaient dans l'escalier.

Elle choisit de s'asseoir à l'ombre sur la terrasse. Malgré son mal de tête qui se ravivait, elle examina l'enveloppe déchirée. Un cachet de son journal y figurait en bonne place. Il avait sans doute contribué à exciter la curiosité du garçon.

Encore furieuse de l'incident, elle déplia la lettre. Son contenu n'était guère long. En quelques lignes tapées à la machine, on lui signifiait son renvoi. Au-dessous, la signature de son patron s'étalait dans un large paraphe tracé sans la moindre hésitation.

18

Des galeries souterraines montaient les coups assourdis, réguliers des marteaux et des burins.

Entre Allassac et Vignols, dans une fin de juillet étouffante, les ardoisiers ne chômaient pas. Sous l'œil des contremaîtres, des wagonnets en fer remplis de blocs d'ardoise sortaient l'un après l'autre des tunnels en grinçant sur les rails.

Thérèse Leroux se délesta de son vélo en le couchant sur le sol. Elle aimait se promener jusqu'ici, regarder l'activité incessante de cette fourmilière humaine qui la distrayait de sa vie monotone. Dans ce décor tourmenté creusé par les hommes qui tranchait tant sur les bois et les champs environnants, elle se sentait au cœur des richesses d'un pays qu'elle n'avait jamais quitté.

De loin, un homme lui adressa un signe de la main. Pierre Maréchal, propriétaire d'une carrière, venait souvent se rendre compte sur place du niveau de la production que l'on expédiait en son nom dans toute la région et même en Dordogne, en Lozère ou en Aveyron. Il habitait Donzenac, un village proche de Saint-Viance, et fréquentait les Leroux avec qui il avait noué des liens d'amitié. Il se dirigea vers Thérèse d'un pas difficile. A soixante ans, ses accès de goutte le menaient chez un guérisseur plusieurs fois par mois.

— Vous paraissez souffrir, fit Thérèse en allant au-devant de lui. Il y a un bon médecin qui s'est installé depuis peu à…

Un rire bruyant l'arrêta :

— Les médecins sont des ânes ! Le père Besson est le meilleur rebouteux que je connaisse, et en plus il me vend ses truffes à un prix imbattable. Je ne suis pas près de m'en séparer !

— Vous êtes incorrigible, sourit-elle. Il faudra que j'en parle à votre épouse.

— Elle n'a pas son mot à dire, c'est moi qui commande !

Un nouveau rire le prit. Thérèse était contente de le rencontrer. Sa bonne humeur ne se démentait pas. Rond et de petite taille, il ne se plaignait jamais de sa santé précaire. La seule tragédie de sa vie avait été de perdre sa fille unique en bas âge. Lui-même avait réchappé de la guerre par miracle. Pudique, il mettait un point d'honneur à ne jamais évoquer ces drames.

— Quand même, continua-t-il en ôtant son chapeau pour se tamponner le front avec un mouchoir, il faut être courageux pour travailler par cette chaleur.

— Les galeries ne sont-elles pas plus fraîches ?

— C'est juste, mais la chaleur finit par s'y infiltrer.

Il remit son chapeau, replia son mouchoir.

— Au fait, reprit-il, êtes-vous au courant de la nouvelle qui circule depuis ce matin ?

— Je ne crois pas. De quoi s'agit-il ?

— Louis Sérignac, l'ancien client de votre mari, vend sa magnifique voiture. Je suis très tenté de l'acquérir, mais je voudrais qu'il baisse un peu son prix.

Thérèse suivit un vol d'hirondelles au-dessus des champs qui s'étendaient à côté des carrières. La fête que Sérignac avait organisée était encore imprimée dans toutes les mémoires, et voilà à quoi cette folie aboutissait !

— Vous semblez bien pensive.

— Il est obligé de vendre sa voiture par manque d'argent, constata-t-elle. Souvenez-vous de sa récente soirée : il gaspille toujours autant. Personne ne paraît pouvoir l'influencer, pas même sa compagne.

— Vous faites allusion à son Allemande ? Elle serait très dépensière aussi, à ce qu'on raconte…

— C'est faux ! s'indigna Thérèse. N'écoutez pas les ragots de ceux qui étaient les premiers à se jeter sur le buffet, ce soir-là, et à critiquer ensuite !

Devant sa réaction, Maréchal perdit son assurance. Jamais il n'avait vu Thérèse s'emporter ainsi.

— Quelle véhémence ! s'exclama-t-il. Vous devez la confondre avec Amélie Sérignac.

Une ombre passa sur le visage de Thérèse tandis qu'un contremaître accourait vers Maréchal pour lui parler.

— Je suis obligé de vous laisser, expliqua-t-il. N'hésitez pas à nous rendre visite. Notre maison vous est grande ouverte.

Elle le remercia, l'air distrait. Sans qu'il le veuille, ses paroles avaient ressuscité des images endormies. Pendant des années, elle avait été une amie proche d'Amélie. Leur lieu de rendez-vous favori se situait devant cette carrière où Maréchal paradait, à présent, dans son rôle de grand patron. N'était-ce pas cette complicité qui lui manquait et qui l'attirait ici ? Ces secrets échangés, couverts par le bruit des ardoisiers qui les ramenaient à l'enfance ? L'attirance, la sympathie qu'elle éprouvait pour Martha étaient bien de même nature. Un mélange d'admiration et de curiosité qui comblait le vide et l'absence qu'avait entraînés la mort d'Amélie. Elle remit son vélo d'aplomb avant de l'enfourcher. A Saint-Viance, du linge mouillé attendait qu'elle l'étende, il y avait aussi les courses chez l'épicier et le repassage qui s'accumulait. « Avec un peu de chance, pensa-t-elle, je verrai Martha au marché d'Objat. Mais comment en être sûre ? »

Le doute suffit soudain à la faire bifurquer vers la route de Vignols. La montée était rude mais le parc des Sérignac se terminait en pente modérée qui donnait sur un chemin plat. Elle pédala jusqu'à ce que ses jambes refusent l'effort ; alors, elle marcha quelques centaines de mètres, le temps d'atteindre la grille. A sa surprise, celle-ci était ouverte et la Citroën, garée juste à l'entrée. Deux hommes inspectaient la voiture sous l'œil circonspect de Louis Sérignac qui observait la scène d'un peu plus loin. Elle tressaillit. André, son mari, était là. Mains dans les poches, fanfaronnant comme un coq, il échangeait tout haut ses impressions avec l'un de ses amis, mécanicien. Le cœur de Thérèse se souleva. Acheter une telle voiture allait coûter une fortune ! Il fallait intervenir avant que le pire n'advienne.

— André ! s'écria-t-elle, n'oublie pas les réparations du toit et la machine à moudre qui est tombée en panne...

Un sourire goguenard s'épanouit sur le visage de Sérignac. Leroux avait beau bomber le torse, jouer les possédants, il avait les yeux plus gros que le ventre. Exaspéré par l'apparition de sa femme et son rappel à l'ordre, le minotier explosa :

— De quoi te mêles-tu ? C'est une affaire d'hommes. Allez, ouste ! Retourne à ton ménage, sinon je risque de m'énerver pour de bon !

Rouge comme une pivoine, Thérèse ne savait plus à quel saint se vouer. A cet instant, Martha déboucha sur le chemin. Elle revenait du bureau de poste et tenait une enveloppe dans une main. Les injonctions de Leroux et leur effet sur Thérèse la firent bondir.

— Comment osez-vous parler ainsi ? Vous n'êtes qu'un goujat !

La réaction du minotier fut immédiate. Etre ainsi vilipendé par cette étrangère qui n'avait rien à voir dans l'affaire méritait une réplique cinglante.

— Y en a marre, des Boches ! fulmina-t-il. On les a eus en 14, on les connaît, tous pareils, hommes ou femmes ! Pires que des sangsues, de la vermine !

Sa bouche s'ouvrait encore pour proférer d'autres injures, mais il ne put achever. Sérignac lui assena une telle gifle qu'il faillit tomber à la renverse.

— Ça suffit, maintenant ! intima ce dernier. Je ne veux plus vous voir.

Le mécanicien se dépêcha d'emmener Leroux encore ébranlé. Il le mit à l'abri dans la camionnette qui les avait amenés, puis s'installa au volant. Avant de démarrer, il baissa la vitre de sa portière.

— Gardez votre voiture et votre Teutonne, lança-t-il, elles ne valent pas mieux l'une que l'autre !

Son rire et celui du minotier se perdirent dans la pétarade de la camionnette qui démarra en trombe.

Effondrée, Thérèse pleurait à chaudes larmes.

Martha ne pensa même pas à remercier Louis. Elle se précipita vers celle qui sanglotait le visage dans les mains.

— Ne pleurez pas ! Cela n'en vaut pas la peine.

— Mais tout est de ma faute, je n'aurais pas dû venir ! Je ne sais pas ce qui m'a pris, hoqueta Thérèse.

Martha l'embrassa.

— Peut-être vouliez-vous me voir ? Voilà des jours que nous ne nous sommes pas parlé.

Ces paroles la touchèrent. Thérèse cessa de pleurer.

— Un jour, mon mari paiera pour sa méchanceté, dit-elle, je vous le promets !

La jeune femme remarqua alors que Sérignac dardait sur elles un étrange regard. Un regard qu'elle ne parvenait pas à décrypter, mais qui la glaça.

— Martha ! appela-t-il tout à coup. Voulez-vous me suivre ? J'ai quelque chose à vous dire.

19

Louis Sérignac pria Martha de s'asseoir dans le salon avant de fermer la porte à clef. Après son vouvoiement soudain et son inquiétant regard, elle se demanda ce qu'il lui réservait. Voilà déjà quelques jours qu'il l'évitait. A table, il ne lui adressait pas beaucoup la parole, comme s'il se refermait à nouveau sur ses problèmes d'argent. Même la perte de son emploi ne l'avait pas affecté outre mesure.

« Ce n'est pas important, avait-il déclaré, je suis là. »

Pourtant, de jour en jour, le péril de sa faillite progressait. Dans ces conditions, comment pouvait-il envisager de subvenir aux besoins de Martha ? N'était-ce pas plutôt une façon de se désintéresser de l'affaire ?

Il jonglait avec le temps et ses derniers biens en espérant que la Providence le sortirait de là.

Elle prit place sur le bord d'un fauteuil tandis qu'il arpentait la pièce en se concentrant sur ce qu'il avait à dire.

— Vous êtes en beauté, ce matin, déclara-t-il tout à coup. Cette jupe fluide vous sied à ravir.

— Merci, mais je ne pense pas que vous m'ayez fait venir ici pour me complimenter sur ma tenue.

Il se reprit, exhiba un objet qui étincelait sous la lumière. Martha se mordit les lèvres en reconnaissant la bague qu'elle avait oubliée. Il la posa sur un guéridon proche puis alluma une cigarette sans même tendre l'étui vers Martha.

— Je sais ce qui se passe dans votre tête, fit-il, vous êtes en train de vous interroger. Pourtant, l'histoire est simple.

Il s'assit dans un fauteuil en face d'elle, replia ses jambes tout en tirant une grande bouffée sur sa cigarette :

— Alban a trouvé cette bague par terre, sur le seuil de la cuisine.

Elle se souvint : le difficile lendemain de fête, le bijou glissé dans une poche de sa robe ; sans doute était-il tombé lors d'un faux mouvement ?

— J'ai attendu quatre jours ! s'exclama-t-il en se relevant, quatre jours pendant lesquels j'espérais que vous vous en inquiéteriez. Mais rien ! Cet affront m'est insupportable. Au-delà du simple cadeau, cette bague était un symbole. En vous comportant ainsi, vous m'avez démontré que j'existais bien peu pour vous.

Il inspira de nouveau, ses mains serrèrent le dossier d'un fauteuil tandis que Martha, en attente, restait coite. Au bout de quelques instants, elle se leva, prête à s'en aller.

— Et il n'y a pas que ça, enchaîna-t-il alors. Votre singulier voyage à Limoges, votre façon d'enquêter sur mon passé et sur cette pauvre Amélie, tout cela m'insupporte ! Je me suis trompé sur vous.

Son regard divagua par la fenêtre. Ses mains se relâchèrent.

— Je ne peux pas vous mettre à la porte, continua-t-il, puisque vous avez perdu votre travail. Vous pouvez donc demeurer dans cette maison jusqu'à la fin de l'été, cela vous permettra au moins de vous organiser.

L'impassibilité de Martha était la pire des réponses. Il s'impatienta :

— N'avez-vous donc rien à dire ?

— Je n'ai pas d'arguments pour me défendre. Vous avez pris votre décision en votre âme et conscience. Une seule chose compte désormais : l'avenir. Grâce à quelques indemnités, je peux envisager mon départ rapidement, cela vaut mieux pour tout le monde.

Elle rouvrit la porte. A quoi bon se perdre en paroles superflues ? Le lien qui les unissait était bien rompu.

— Repartez-vous pour Paris ? demanda-t-il en cachant mal une sorte d'inquiétude qui étonna Martha.

— Je ne sais pas.

Elle quitta le salon, tête baissée pour qu'il ne voie pas son envie de pleurer. Ce naufrage n'était pas seul en cause. Depuis son retour de Limoges, Jacques la fuyait aussi. Plusieurs fois, elle s'était déplacée jusqu'à la ferme, laissant même un petit mot sous la porte. Il n'y avait eu aucune réponse.

Dans le couloir, elle croisa Blanche qui lui décocha l'un de ces regards noirs dont elle avait le secret. Des bruits de porte et de pas l'avertirent que Louis Sérignac avait gagné son bureau. La voie était libre. Coûte que coûte, elle voulait s'entretenir avec Jacques avant de décider quoi que ce soit.

Lorsqu'elle s'engagea sur le chemin qui menait à la ferme et aux champs, elle aperçut des gens qui se dirigeaient vers la maison. Sans doute venaient-ils pour le rachat de la Citroën ? Elle se débrouilla pour les esquiver. L'image de Thérèse se disputant avec son mari et les invectives de ce dernier étaient toujours présentes dans son esprit. Elle préféra faire un détour.

Le métayer se tenait au milieu d'un pré en compagnie de Lucien. Tous deux examinaient l'une des vaches du modeste troupeau. Martha s'approcha de la barrière. Des coquelicots balançaient leurs têtes parmi les herbes et des oiseaux s'égosillaient dans les chênes alentour. Elle leva le visage, le vent rabattit des mèches de cheveux sur son front. Abandonner ce coin de terre, ce pays qu'elle aimait tant la déchirait plus que sa rupture avec Louis.

En la voyant, Jacques la salua d'un simple signe de tête. La présence de l'ouvrier devait le gêner. De longues minutes s'écoulèrent avant que les deux hommes ne s'éloignent de la vache, couchée au pied d'un châtaignier.

— Je vais appeler le vétérinaire, cria Jacques à Lucien qui s'en allait d'un autre côté.

— Le père Besson suffira, répondit ce dernier, il s'y connaît mieux et prendra moins cher !

Le métayer attendit qu'il soit assez loin avant de s'avancer vers Martha.

— Il ne faut pas que tu restes ! fit-il tout de suite. Lucien va revenir. On risque de nous voir ensemble.

Il passa devant elle, se baissa comme s'il inspectait la barrière.

— Pourquoi me fuis-tu ? demanda-t-elle. Voilà des jours que je cherche à te joindre.

La nervosité de Jacques transparaissait dans chacun de ses gestes. Ses yeux furetaient de droite à gauche.

— Ce n'est pas un lieu pour se donner en spectacle, gronda-t-il, retourne chez Sérignac ! J'ai réfléchi, je ne suis pas un homme pour toi. Trop de choses nous séparent. Cette histoire est impossible, tu vas tout gâcher.

La jeune femme porta la main à sa bouche. La brûlure du soleil n'était rien à côté des mots qui entraient en elle comme des dards empoisonnés. Le monde s'écroulait autour d'elle et elle n'avait même pas une main pour l'aider. Les jambes flageolantes, elle se retint à un piquet. Devant sa pâleur, Clément s'inquiéta et voulut la soutenir.

— Laisse-moi ! protesta-t-elle. Tu as raison, je ne veux pas te compromettre mais c'est toi qui viens de tout gâcher !

Rassemblant son énergie, elle se força à courir le long du chemin qui l'avait amenée jusqu'au pré.

— Martha ! appela Jacques.

Mais elle ne l'écoutait déjà plus. Elle trébucha à maintes reprises, ôta ses chaussures pour aller plus vite, foulant l'herbe et la terre pieds nus, malgré les cailloux. La tête vide, elle ne sentait plus rien, ne voyait plus rien, sinon son besoin de se sauver. Quand elle atteignit une petite vallée qui abritait la Loyre, elle s'arrêta, mesura d'un regard la descente qui la séparait de l'eau puis s'élança. D'abord, la fraîcheur de la rivière apaisa ses pieds et ses chevilles en feu. Mais ce n'était pas assez. Elle s'enfonça jusqu'à mi-corps sans songer à autre chose qu'à disparaître, libre enfin, délivrée de tout.

Au-dessus d'elle, le ciel se couvrait de fins nuages qui tamisaient la clarté du soleil. Elle marchait pas à pas, immergée jusqu'à la taille. Quand l'un de ses pieds n'eut plus de point d'appui, elle battit des mains. Un rire léger retentit alors à ses oreilles, un rire de femme qui anéantissait tout à coup la démesure de son acte. Tremblante, honteuse, elle se rapprocha de la berge puis se hissa dessus. Mais elle eut beau scruter les environs, il n'y avait personne et le rire avait cessé. Etait-ce celui d'Amélie ? Lui suggérait-elle ainsi qu'il existait une autre solution ? Elle repéra une trouée plus claire entre les arbres et les buissons puis s'allongea sur le sol. Derrière le rire qu'elle venait d'entendre, il y avait les reproches de Louis sur son voyage à Limoges et sur sa curiosité qu'il estimait déplacée. N'était-ce pas plutôt de ce côté-là qu'il fallait chercher les vrais motifs de son renvoi ? Dans ce cas, elle ne devait céder au désespoir ni pour lui ni pour Jacques ; une trop grande part d'ombre subsistait.

Des bruits de voix et des craquements de branchages résonnèrent. Elle se mit en boule, les bras autour des genoux, pour ne pas montrer sa jupe mouillée.

— Bonjour, madame ! claironna un groupe de garçonnets en surgissant près d'elle.

Ils entamèrent une course-poursuite accompagnée de rires et de criailleries.

Le froid qui tétanisait Martha s'échappa avec eux. A la place, la chaleur de l'été et un nouvel espoir la réconfortèrent. Elle attendit que ses vêtements soient secs puis grimpa le long du ravin. Parvenue en haut, elle orienta ses pas vers le chemin qui conduisait à l'église.

20

L'abbé Mourioux astiqua une nouvelle fois le bord de son ciboire avec la manche de sa soutane. Il ne tolérait pas la moindre trace terne sur l'or et Léonie, qui s'occupait de lui et de l'église depuis plus de quinze ans, n'avait pas le droit de toucher à l'objet sacré. Après chaque messe, il mettait un point d'honneur à le lustrer lui-même jusqu'à ce qu'il brille à la perfection.

Après un nouvel et minutieux examen, l'abbé fit une génuflexion puis rangea le ciboire dans le tabernacle. Derrière lui, Léonie n'en finissait pas de regrouper les cierges sous les statues de saint Joseph et de la Vierge, d'aligner les chaises ou de ramasser quelques feuilles poussées par le vent. En fait, elle s'attardait toujours exprès, à l'affût des visites quotidiennes de quelques paroissiennes qui lui rapportaient les nouvelles du village. Quand elle entendit la porte en bois pivoter sur ses gonds, tel un chevreuil aux aguets, elle dressa l'oreille, l'œil rivé à l'entrée. Son attention se mua en stupeur lorsqu'elle découvrit Martha. Sa jeunesse et son élégance naturelle n'avaient rien de commun avec les femmes habillées de noir qu'elle fréquentait. En outre, la réputation de la jeune femme n'était plus à faire. Ne vivait-elle pas dans le péché en partageant le même toit que Louis Sérignac, hors des liens du mariage ?

Seul l'abbé Mourioux montrait une certaine indifférence. Après un salut à celle qu'il connaissait pour lui avoir parlé une fois, il se dirigea vers la porte annexe qui donnait sur la sacristie. Martha le vit sortir sans même avoir pu lui adresser la parole. Son balai à la main, Léonie lui barra le passage :

— Est-ce que je peux vous aider, madame ?

Le dernier mot, prononcé avec insistance, ne laissait guère de doute sur son état d'esprit ; son air pincé, non plus.

— J'aimerais m'entretenir avec monsieur le curé.

— Il est très occupé en ce moment, ça ne sera pas possible.

L'image de Blanche se profila soudain devant les yeux de Martha.

L'impression de l'avoir de nouveau devant elle la fit réagir.

— Eh bien ! Je vais essayer quand même.

D'une main ferme, elle tenta d'écarter la gêneuse, mais celle-ci s'arc-bouta.

— Monsieur le curé ne reçoit pas les créatures, maugréa-t-elle, votre place n'est pas ici ! Allez-vous-en avant que je ne vous chasse !

Le balai brandi parachevait le tableau menaçant. Martha comprit qu'elle avait affaire à une harpie et qu'une bataille risquait d'éclater dans ce lieu de recueillement. Par chance, le curé vola à son secours.

— Léonie ! intervint-il. Vous perdez la tête !

Il avait tout vu et s'approchait à grands pas.

— Qui menacez-vous avec ce balai dans la maison du Seigneur ?

— Pardon, bredouilla-t-elle, je voulais vous protéger…

— Mais de quoi ? continua-t-il. Ne suis-je pas assez grand ?

Blessée dans son amour-propre, elle déguerpit la tête basse, marmonnant entre ses dents.

Martha suivit l'abbé dans la sacristie.

— Ne vous frappez pas ! commenta-t-il. C'est une bonne fille mais parfois, elle dépasse un peu les bornes.

La jeune femme s'écroula sur une chaise, rompue par tout ce qui venait d'arriver. Depuis le matin, l'enchaînement des événements n'avait cessé de l'accabler. Elle s'étonnait elle-même de résister encore.

— Vous semblez bouleversée, reprit le prêtre, seriez-vous sensible à ce point ?

— Je cherche un endroit, une petite maison pour me loger, expliqua-t-elle en se ressaisissant. J'ai pensé que vous pourriez me renseigner puisque vous connaissez bien le village.

Il la dévisagea avec surprise mais elle devança ses questions :

— A vous, je peux le dire. Louis Sérignac et moi préférons nous séparer. Malgré cela, je ne désire pas quitter ce pays. Louer une maison m'apparaît comme la meilleure des solutions en attendant que tout s'éclaircisse. D'ailleurs je progresse dans mes investigations, s'anima-t-elle soudain. Grâce à vous, j'ai pu rencontrer François de Saint-Jabreilles, à Limoges. J'ai même appris qu'il existait une fabrique d'ardoises familiale qui a été vendue. Vous étiez au courant, je suppose ?

Le visage de l'abbé se rembrunit. Il esquissa quelques pas, l'air affecté.

— Vous savez, lança-t-il au bout de quelques instants, Dieu est capable de faire bien des miracles. Je vais prier pour vous et monsieur Sérignac. Rien n'est perdu si Notre-Seigneur le veut.

— Je vous remercie, monsieur le curé, mais ce n'était pas le but de mes propos. Pour quelle raison refusez-vous de me parler de cette fabrique ?

Il grimaça, hésitant, presque agacé.

— Pardonnez-moi ! ajouta-t-elle. Je ne souhaite fâcher personne, j'essaye seulement de comprendre.

— Avec tout le respect que je vous dois, répondit-il, permettez-moi de vous dire que vous êtes plus têtue qu'une mule ! Monsieur de Saint-Jabreilles vous parlerait de cette affaire mieux que moi.

— Je compte lui écrire.

— Alors, s'il vous plaît, transmettez-lui également mon bon souvenir, c'est un homme que j'ai toujours apprécié. Quant à votre location, allez voir Firmin Besson de ma part. Il habite Saint-Solve, la première maison à l'entrée du bourg.

Il sortit une montre de gousset d'une poche de sa soutane.

— Je vais être en retard.

Martha se leva. L'entretien se terminait. Elle serra la main du prêtre qui la raccompagna.

— La fabrique d'ardoises a été vendue à un certain monsieur Maréchal, lâcha-t-il.

Bien que précieux, son renseignement fit sourire Martha. La langue du curé se déliait toujours au moment du départ. « Encore quelques entrevues, pensa-t-elle, et j'en apprendrai plus que je ne l'espère ! »

Avant de se rendre à Saint-Solve, elle eut envie de se reposer un peu pour rassembler ses idées et planifier le proche avenir. Avec ses économies et les indemnités que le journal avait bien voulu lui envoyer, elle n'avait pas à craindre le lendemain. Pas question d'écrire à sa mère et à sa sœur qu'elle avait perdu son travail, leur situation était assez compliquée comme cela. Dans ce fatras d'incidents douloureux, le rejet de Jacques pesait lourd. Son revirement la mettait en face d'une nouvelle solitude. Un seul visage émergeait encore de ce désert : celui de Thérèse.

Saint-Solve n'était pas très loin. Le vent plus frais transformait la distance à parcourir en une agréable promenade le long des champs et des sentiers fleuris. Martha arracha une pomme à une branche d'arbre qui pendait au-dessus d'une haie et la mangea avec la gourmandise d'une petite fille.

Aux abords du village, un cantonnier lui indiqua la maison du guérisseur. Le curé n'avait pas menti : elle s'élevait parmi les premières de la bourgade, à côté d'un vieux chêne à l'imposant feuillage.

A son approche, un chien attaché à une chaîne dans le jardin se mit à aboyer avec fureur. Une femme âgée entrebâilla la porte de la maison. D'un geste, elle fit taire le chien puis dévisagea Martha, l'air indifférent.

— Bonjour, madame. Monsieur Firmin Besson est-il là ? Je désirerais lui parler.

La porte s'ouvrit plus grand et un homme de petite taille, en manches de chemise, une casquette sur la tête, apparut.

— Soyez sans crainte ! la rassura-t-il. Ma mère n'entend pas bien. Entrez, plutôt !

Le chien qui s'était couché paraissait avoir déjà oublié la visiteuse. Martha traversa le jardin sans être inquiétée. Vu de près, celui que l'on surnommait « le père Besson » semblait avoir une bonne cinquantaine d'années. Une épaisse moustache grisonnante ombrait son sourire où manquaient plusieurs dents. Il invita la jeune femme à s'asseoir dans la pièce principale au milieu de laquelle trônait une grande table encombrée de toutes sortes d'objets. Sa vieille mère n'avait pas attendu ; comme un animal se terre devant un danger, elle s'était réfugiée ailleurs, laissant son fils en tête à tête avec Martha.

Avant même de questionner celle-ci, Firmin Besson saisit un jeu de cartes, les battit puis commença à les étaler sur la table.

— Je ne vous connais pas, fit-il, mais je vois que vous êtes venue me demander le retour d'un amoureux…

Martha se mit à rire. En d'autres circonstances, elle aurait pu se prêter à ce jeu, mais l'urgence de la situation imposait d'aller droit au but.

— On m'a dit que vous aviez une maison à louer.

Besson retourna ses cartes les unes après les autres avant de les ramasser, puis il grommela quelque chose et la regarda.

— C'est drôle, mais je sens de l'hostilité autour de vous, beaucoup de froideur aussi avec juste un point lumineux qui vous protège. Je ne peux pas tout savoir, votre accent n'est pas courant. De quelle région êtes-vous ?

Sa question prit Martha de court. Avec le climat qui régnait, avouer qu'elle était allemande risquait de le bloquer.

— C'est l'abbé Mourioux qui m'envoie, préféra-t-elle dire. Il m'a assuré que vous possédiez une autre maison.

Besson afficha un air dubitatif. Il lâcha ses cartes puis bourra une pipe qui traînait sur la table.

— Vous n'avez pas répondu à ma question, fit-il. Mes relations avec Mourioux sont distantes. Il me reproche de jeter des sorts alors que je soigne les gens et les bêtes. Est-ce que ça le regarde ?

Martha sentit qu'il faisait marche arrière. Dans le fond, pourquoi lui aurait-il manifesté d'emblée une confiance aveugle ? Le seul nom de l'abbé ne suffisait pas.

— Je me nomme Martha Wieder, finit-elle par dire. Peut-être avez-vous déjà entendu mon nom ? Je logeais chez Louis Sérignac.

La bouche du guérisseur s'arrondit. Il claqua une main sur la table.

— Nom de Dieu !

Un rire le prit :

— On parle de Sérignac et de ses frasques partout, même à Saint-Solve. J'avais cru vous reconnaître mais je n'en étais pas certain. Il valait mieux que cela vienne de vous. Ce gredin me doit de l'argent, enchaîna-t-il, j'ai soigné plusieurs de ses veaux, il m'a promis de me payer plus tard et voilà des mois que ça dure ! Toute sa vie n'est qu'une façade. Quand je suis allé lui réclamer mon dû, il était dans une magnifique voiture, ça ne l'a pas empêché de me renvoyer comme un malpropre ! Je suppose qu'il vous a jetée dehors ? Il agissait ainsi avec ses autres conquêtes.

Martha s'empressa d'acquiescer pour ne pas le contredire. Il se redressa, plissa les yeux comme s'il projetait un plan.

— Allemande ou pas, cela n'a aucune importance pour moi, l'essentiel est ailleurs. Je possède en effet une modeste maison à quelques pas d'ici. Elle est à peine confortable mais elle a l'eau courante et l'électricité. Si elle peut vous dépanner, je vous la laisse à dix francs par mois. Après tout, estima-t-il en rallumant sa pipe qui s'éteignait, à deux, ce sera plus facile pour se venger.

Malgré son coup d'œil, Martha s'abstint de répondre. A quoi bon lui confier qu'elle n'avait pas l'esprit de vengeance ? Le principal était la location de la maison à un prix plus que raisonnable. Pour la suite, elle envisageait une tout autre victoire.

21

L'impossibilité d'avoir pu racheter la voiture de Louis Sérignac rendait André Leroux acariâtre. Son rêve de l'humilier s'était une fois de plus volatilisé, et tout cela par la faute de sa femme. L'ecchymose dont il souffrait encore l'enferrait dans une rancune tenace. Il n'adressait plus la parole à Thérèse.

Par bonheur pour elle, il y avait toujours le marché d'Objat. La semaine suivant l'incident, lorsqu'elle prit sa place derrière son stand habituel, la nouvelle qu'on lui annonça faillit la renverser. Sa patronne dont la charcuterie accueillait presque tout le monde fut la première à la tenir au courant : Louis Sérignac avait mis Martha à la porte, et celle-ci louait une petite maison au père Besson. Les commentaires qui allaient bon train s'orientaient tous dans le même sens. Il avait bien fait de se débarrasser de celle à qui on attribuait tous les torts.

Thérèse se sentit coupable. Après l'altercation entre son mari et Sérignac à propos de la Citroën, on pouvait lui imputer le fiasco de la vente, et l'attitude de Martha prenant sa défense n'arrangeait rien. D'ailleurs, elle se souvenait bien de la précipitation avec laquelle Sérignac avait ordonné à la jeune femme de rentrer chez lui.

Pleine d'appréhension, elle commença à cuire ses *tourtous* en n'espérant qu'une chose : apprendre ce qui s'était passé de la bouche de Martha.

Jusqu'à midi, les clients défilèrent sous un ciel mitigé. Les parapluies s'ouvraient et se fermaient au fil des averses mais le marché gardait son atmosphère rituelle, joyeuse et bigarrée. Entre deux *tourtous* cuits, enveloppés d'un fin papier puis vendus, Thérèse scrutait d'un regard avide la masse de gens qui se réunissaient devant le stand.

— Vous êtes peu bavarde, ce matin, remarquaient certains habitués.

Elle répondait par un petit sourire qui remplaçait l'explication qu'elle n'avait pas envie de donner. De toute façon, dès la fin du marché, son humeur taciturne serait commentée et sans doute colportée à travers de multiples ragots. On en ferait autant de gorges chaudes que pour la séparation de Louis Sérignac et de Martha.

Vers treize heures, le remballage débuta. Comme chaque semaine à cette heure-là, les clients se raréfiaient et la place se vidait peu à peu. Thérèse dégrafa son grand tablier blanc. Il n'y avait plus de pâte. Elle finissait son travail, résignée. L'absence de Martha la peinait, peut-être sonnait-elle le glas de leur relation amicale ? Elle prit congé des Pujols, ses employeurs, sans même vérifier l'argent remis en échange de ses services. Une ondée se déclencha au moment où elle cherchait à récupérer son vélo, parqué plus loin. Mais elle eut beau aller et venir près de l'endroit, vérifier les alentours, elle ne trouva aucune trace de sa bicyclette. Incrédule, elle accosta plusieurs personnes qui ne purent la renseigner davantage. Les larmes aux yeux, elle se pelotonna sous l'auvent d'une maison qui bordait la place. Elle imaginait déjà la scène que son mari ne manquerait pas de lui faire et le flot de critiques qui fuseraient de sa bouche. Car c'était sûr, ce malheureux épisode le libérerait de son silence.

Autour d'elle, carrioles et camionnettes transportant les marchandises invendues s'éloignaient de la place. Elle serra le tricot qu'elle portait en frissonnant. L'ondée passagère se terminait mais le vent frais ne faiblissait pas. Elle décida de rejoindre le commissariat pour signaler le vol ; ensuite, elle espérait rencontrer quelqu'un qui la rapprocherait de Saint-Viance. En surveillant le paquet de nuages qui se reformaient juste au-dessus du bourg, elle sortit de son abri mais n'avança que de quelques pas. Une voix féminine s'éleva dans son dos.

— Attendez-moi !

Elle se retourna, prête à rabrouer celle qui se permettait de la retenir, alors que le temps pressait. Mais la première chose qu'elle découvrit fut la roue avant de son vélo, puis le guidon et enfin Martha qui le maintenait debout, un grand sourire aux lèvres.

— J'étais certaine que si je le gardais avec moi, nous ne pourrions nous manquer !

Tout le poids qui oppressait Thérèse se délita sur-le-champ. Avec un élan spontané de petite fille elle sauta au cou de la jeune femme pour l'embrasser. Leurs rires amenèrent plusieurs passants à les regarder de travers mais les deux amies n'en avaient cure et continuaient à s'esclaffer, heureuses de leurs retrouvailles.

Martha n'eut pas beaucoup à insister pour que Thérèse accepte son invitation à la suivre. Côte à côte, elles parcoururent les quelques kilomètres qui séparaient Objat de Saint-Solve. De temps en temps, Martha ouvrait puis refermait le parapluie qu'elle avait eu soin d'emporter. La fréquence des averses ne diminua qu'aux abords du village. La maisonnette en grès rose qu'habitait Martha était située près de l'unique carrefour. Elle avait beau s'y attendre, la femme du minotier écarquilla les yeux en pénétrant à l'intérieur. Le décor rudimentaire des lieux n'avait rien de commun avec la riche demeure de Louis Sérignac. Comment Martha allait-elle évoluer dans un tel cadre ? Une table et de simples chaises occupaient la majeure partie de la pièce principale. Sur le côté, un évier était scellé dans le mur et voisinait avec une cuisinière à charbon. Plus loin, un buffet reposait sur le sol carrelé avec des pieds de guingois. Seule une belle cheminée dans le fond de la salle rappelait qu'on était dans une ferme ancienne comme il y en avait encore beaucoup dans la région. Martha montra sa chambre à coucher : une petite pièce sur laquelle on débouchait en soulevant un rideau de cretonne à grosses fleurs.

— Vous n'allez pas pouvoir rester là ! fut la première réflexion de Thérèse.

Sa joie s'était envolée. Elle devinait la suite de l'histoire. Quelques jours encore, puis le charme se briserait et la réalité balayerait l'attachement que la jeune femme proclamait haut et fort pour ce pays.

— Vos économies vont fondre, poursuivit-elle. Vous êtes une citadine, une femme soignée et coquette. Quel avenir espérez-vous dans cet espace exigu, sans confort, une fois l'été achevé ? Je ne suis pas rabat-joie mais je crains que vous ne vous lassiez très vite.

— J'ai acheté du café et des biscuits, déclara Martha. Asseyons-nous près de cette table, nous serons plus à l'aise pour discuter !

— André va me chercher partout. Jamais il ne pensera que je suis ici.

— Oubliez-le pour une fois, la sermonna-t-elle, et prenez un biscuit, je m'occupe du café.

Elle s'excusa de ne pouvoir offrir autre chose. Son déménagement et son installation l'avaient trop accaparée. Alors que l'eau frémissait dans une casserole, elle raconta comment Blanche, sautant sur une absence de Louis Sérignac, avait jeté pêle-mêle ses affaires dehors, sans aucun ménagement.

Le café servi, elle profita d'une pause pour poser enfin la question qui la préoccupait :

— L'abbé Mourioux m'a parlé d'un certain Maréchal. Ce nom vous dit-il quelque chose ? Il paraît que c'est lui qui a racheté la fabrique d'ardoises des Saint-Jabreilles.

Pendant un moment qui lui parut interminable, Thérèse contempla sa tasse de café.

— Quelle incorrigible curieuse ! fit-elle soudain. Vous me faites penser à ces furets qui se glissent partout. Pourquoi vous acharnez-vous encore puisque Sérignac ne fait plus partie de votre vie maintenant ?

— Il m'a renvoyée à cause de cela. Il cache quelque chose de grave.

Elle se pencha vers Thérèse, saisit son poignet, les yeux suppliants.

— J'ai besoin de savoir la vérité.

— Mais vous la connaissez ! Sérignac a dépensé, dilapidé la fortune d'Amélie, que voulez-vous apprendre de plus ?

— Ce n'est pas suffisant. Pourquoi sa tombe est-elle à part ? Un secret mure une partie de sa vie et personne n'ose en parler. Elle ne se manifesterait pas ainsi à moi s'il n'y avait qu'une histoire d'argent. Alban m'a confié que Louis avait des aventures, je me demande si elle était au courant.

— Elle a énormément souffert et pleurait beaucoup au cours de nos rencontres. Ce que je peux vous affirmer, c'est qu'à la fin de sa vie, elle n'aimait plus son mari. Je n'en sais pas davantage.

Martha quitta la table et se posta près d'une fenêtre. Il pleuvait toujours, d'épais nuages obstruaient le ciel.

— J'aimerais que vous m'accompagniez chez monsieur Maréchal.

— Puisque vous le souhaitez, nous irons le voir. Il habite Donzenac, c'est un village proche d'ici. En attendant, comment allez-vous faire pour vivre ? Il vous faut de l'argent. J'ai réussi à mettre un pécule de côté sans qu'André soit au courant. Je peux vous aider.

— Vous êtes épatante, Thérèse. Je comprends mieux pourquoi Amélie vous appréciait. En fait, c'est de votre confiance et de votre appui que j'ai le plus besoin.

Elle s'arrêta un instant, regarda vers le sol en mordant sa lèvre inférieure.

— Louis Sérignac ne va pas abandonner la partie. Je le connais trop bien. Le plus redoutable est à venir.

Elle releva la tête, fixa Thérèse comme si elle la prenait à témoin.

— Le combat sera dur, mais je le mènerai jusqu'au bout.

22

Maître René Beaulieu n'était pas mécontent. Ce notaire de renom établi à Donzenac depuis plus de trente ans voyait son étude accueillir les habitants de toutes les petites communes environnantes. Alors que la situation économique s'avérait assez désastreuse, il était parmi les rares privilégiés à ne pas s'en plaindre. Outre les successions habituelles, les demandes d'hypothèque se multipliaient en dépit des subsides accordés par l'Etat aux agriculteurs. Face à la crise, une grande majorité de petits propriétaires terriens étaient réduits à grever une partie de leurs terres pour subvenir à leurs besoins.

Dans ce contexte, l'étude Beaulieu ne désemplissait pas et s'organisait selon des consignes strictes. Le premier clerc était chargé d'introduire les clients et de les répartir dans deux salles d'attente différentes. L'une, meublée dans un style Premier Empire, était réservée aux plus fortunés ; l'autre, plus exiguë, plus banale, recevait les moins riches. Cette procédure avait été mise au point par le notaire lui-même qui pensait ainsi favoriser ses meilleurs clients.

Ce matin-là, en ouvrant la porte de sa première salle, Beaulieu fut à peine surpris de découvrir Louis Sérignac, assis dans l'un des confortables fauteuils en velours cramoisi. Les rumeurs qui circulaient sur lui étaient déjà parvenues aux oreilles du notaire, mais il fit semblant de ne pas être au courant.

— Quel bon vent vous amène ? Cher Louis, s'exclama-t-il en lui tendant une main empressée, voilà longtemps que nous ne nous sommes vus !

Sérignac répondit à son salut d'une main molle.

— Bonjour, René.

Ni sa voix ni son allure n'évoquaient une grande forme. Beaulieu trouva même que ses tempes avaient blanchi. Il le conduisit dans son « antre », comme il disait, puis s'enferma avec lui.

— Alors ? interrogea-t-il sur un ton allègre en s'installant derrière son imposant bureau en acajou. A quand le mariage avec cette jolie femme que vous m'avez présentée ? Je suppose que vous êtes ici pour le contrat ?

Sérignac s'empourpra avant de déboutonner le col de sa chemise comme s'il avait du mal à respirer.

— Je ne suis pas là pour ça, lâcha-t-il sans le regarder.

Il était d'autant plus embarrassé que le notaire et sa femme avaient toujours été de bons amis, surtout dans les moments difficiles. Après la disparition d'Amélie, les retombées de la succession, gérée par Beaulieu, avaient suscité quelques remous. François de Saint-Jabreilles désirait faire valoir ses droits, ignorant que sa fille avait légué tous ses biens à son mari. Alban étant mineur, c'est donc son père qui gérait le patrimoine. Cet héritage ne comportait aucun vice de forme. Saint-Jabreilles avait donc dû s'incliner après un procès coûteux dont il était sorti amer et furibond.

Beaulieu, qui avait l'habitude des situations délicates, proposa un cognac à son hôte. Il n'était que onze heures du matin mais la figure tendue de l'un de ses excellents clients le tracassait. Ce dernier accepta sans hésiter et les deux hommes se partagèrent le fond d'une carafe, cachée dans une armoire pleine de dossiers.

— Je n'en offre pas à tout le monde, eut soin de souligner Beaulieu, mais notre vieille amitié vaut bien ce petit plaisir.

En connaisseur, Sérignac fit tourner plusieurs fois le liquide ambré dans son verre avant de le goûter.

— Fameux ! commenta-t-il.

Les effets de l'alcool ne tardèrent pas à se manifester. Il se cala dans son fauteuil et, dans une sorte de décontraction retrouvée, croisa haut l'une de ses jambes en posant une main sur sa cheville.

— Je dois vendre une partie de mes terres, annonça-t-il.

Le notaire qui avait à peine touché au contenu de son verre s'accouda à son bureau, l'air ennuyé. Avec ses cheveux blancs et fournis, ses lunettes rondes sur son visage émacié, il faisait plutôt penser à un homme d'Eglise. D'ailleurs, sa façon d'écouter et de conseiller n'était pas très éloignée de celle d'un prêtre.

— Le moment est mal choisi, constata-t-il.

— Mais la banque me harcèle, expliqua Sérignac, qui avala d'un trait le reste de son cognac. En fait, continua-t-il, ma liaison avec Martha Wieder, la jeune femme que vous avez rencontrée, m'a mis sur la paille, si je peux m'exprimer ainsi. Elle représente le type même de ces jeunes étrangères frivoles vivant à Paris pour lesquelles rien n'est assez bien. Vous imaginez donc tout ce que j'ai dû dépenser ! Quand je m'en suis aperçu, il était trop tard. Je l'ai renvoyée, mais le mal était fait, les dégâts aussi.

Maître Beaulieu hocha la tête :

— Je vois. Le problème, c'est votre fils. Il va vous reprocher de le déshériter.

— Je lui dirai la vérité. J'ai vendu à cause de Martha, il comprendra.

— Le terrain n'est pas cher en ce moment, essaya d'argumenter Beaulieu, quelques hypothèques vaudraient mieux, sinon vous allez vendre à perte.

— Tant pis ! Je n'ai pas le choix. Je compte sur vous pour en tirer le meilleur bénéfice.

— Après tout, vous êtes seul juge.

Le notaire s'empara de papiers rangés dans un tiroir :

— Il me faut votre signature sur ces actes. Mais j'y pense tout à coup, fit-il, vous avez déjà connu ce genre de situation. Je me souviens d'une certaine Désirée, il y a quelques années…

— Vous vous trompez, mon cher René, l'interrompit Sérignac. Ce n'est pas de moi qu'il s'agit.

Beaulieu eut un sourire en coin :

— A l'époque, vous aviez vendu une ferme que vous possédiez du côté d'Objat. Ma mémoire est infaillible.

Sérignac esquissa un mouvement d'humeur et se leva.

— Je me sépare de cent hectares, ce ne sera pas de trop. Où dois-je signer ?

— Je dois remplir les papiers d'abord. Si cela ne vous dérange pas, il faudrait repasser à l'étude d'ici deux ou trois jours.

Sérignac acquiesça puis remercia pour le cognac. La remarque du notaire sur l'une de ses anciennes conquêtes lui restait en travers de la gorge. Où voulait-il en venir en lui rappelant cet épisode ?

— J'espère que vous n'êtes pas fâché par ce que je vous ai dit, s'inquiéta Beaulieu en le raccompagnant.

— Comment le serais-je ? Vous m'avez confondu avec quelqu'un d'autre. Cela peut arriver à tout le monde.

— En tout cas, je vous tiens au courant, comptez sur moi pour la vente, assura le notaire.

Après avoir refermé la porte, il fit aller sa tête de droite à gauche.

— Il me raconte des histoires, chuchota-t-il. Pourquoi nie-t-il une évidence ? Je n'ai pas rêvé, cette Désirée a bien existé.

Il n'alla pas plus loin dans ses réflexions. Son premier clerc l'apostropha :

— Vous êtes en retard, maître, les Fabre s'impatientent.

— J'arrive. Mais auparavant, retenez bien ceci ! Désormais, vous ferez patienter Louis Sérignac dans la petite salle d'attente.

— Comme vous voudrez, maître.

Au-dehors, la matinée embaumait le trèfle et l'herbe sèche. Un petit vent coulis rasait la terre, courbant les graminées et les fleurs des champs. Après avoir laissé le notaire, Louis Sérignac avançait à grands pas. Il éprouvait le besoin de s'aérer, d'inspirer de profondes bouffées d'air pur comme s'il devait se laver de tout ce qui s'accumulait en lui et qui l'étouffait. Depuis plusieurs nuits, il dormait à peine malgré les tisanes de camomille et de tilleul que Blanche s'évertuait à lui servir.

La vente de sa voiture à un éleveur d'Allassac, le départ de Martha, tout se conjuguait pour l'avertir d'une faillite imminente. Comme un roi déchu, il voyait se profiler la fin de ses privilèges et des temps glorieux où la simple contemplation de son domaine l'exaltait. Il s'arrêta au bord d'un pré dans lequel ses cinq vaches paissaient.

Un troupeau presque ridicule par rapport à celui qu'il possédait encore deux mois auparavant. Une angoisse l'étreignit avant qu'il n'aperçoive Jacques Clément verser de l'eau dans l'abreuvoir. Il l'observa quelques instants. Ce garçon l'avait toujours intrigué. Consciencieux, il ne laissait rien au hasard mais sa vie isolée avait de quoi surprendre. Il se cramponnait à son travail, admettait même de ne plus être rémunéré pourvu qu'on lui assure le gîte et le couvert. Au fond, cet accord arrangeait Sérignac, surtout après les nouvelles dispositions de son fils.

Afin de ménager ses chaussures de ville, il héla Clément depuis la barrière, puis lui demanda comment il allait.

— Je vais bien, merci, répondit le métayer.

Son patron ne se déplaçait jamais sans un but précis. Il se doutait donc qu'il avait quelque chose à lui dire. Raison de plus pour se tenir sur ses gardes.

— Ce beau temps est une chance, non ? continua Sérignac.

Il avait beau tenter de lancer la conversation sur un mode anodin, quelque chose ne tournait pas rond.

Clément mit les mains dans ses poches et dirigea son regard vers le sol. Il entendit Sérignac ouvrir la barrière puis entrer dans l'enclos.

Presque aussitôt, le métayer sentit une main se poser sur son épaule dans un geste à la fois protecteur et cordial. Il s'écarta sans brutalité, résolu à maintenir une distance.

— Je vous écoute, fit-il alors.

Sérignac s'appuya contre la barrière. Comment amadouer ce garçon qui déclinait toute forme de relations amicales ?

— J'admire votre capacité à supporter la solitude. J'aimerais vous ressembler.

— N'essayez pas ! Nous sommes trop différents.

— Il est vrai que vous n'avez pas d'enfants, vous ne pouvez donc ressentir ce que je vis à l'heure actuelle.

Sans attendre, il entama son monologue :

— Alban ne veut pas revenir. Je pensais pouvoir le former à la gestion du domaine ou du moins ce qu'il en reste. J'ai chassé Martha dans le même but, pour qu'il se sente chez lui dans cette grande maison familiale. Et voilà qu'il refuse, préférant ses frasques parisiennes à une vie simple et noble.

— Que venez-vous de dire ? s'exclama soudain Clément qui ne savait rien encore. Vous avez chassé mademoiselle Mar…

Il ne put terminer. Sa voix s'étranglait, son cœur cognait si fort dans sa poitrine qu'il avait peur qu'on l'entende.

— Ce n'est pas le plus important, s'énerva Sérignac sans s'apercevoir de sa confusion, elle a eu ce qu'elle méritait. C'est Alban qui me déçoit. Sa vie parisienne n'est qu'une suite d'embrouilles, de soirées arrosées et j'en passe !

— Où est-elle ? interrogea Clément qui n'avait plus que ce départ en tête.

Malgré son emportement, Sérignac remarqua son air absent, l'hébétude qui le figeait dans une posture de pantin désarticulé.

— Pourquoi cette question ? s'étonna-t-il. Etes-vous certain que cela vous concerne ?

— Excusez-moi ! Je pensais à autre chose. Votre fils va peut-être changer d'avis, à son âge rien n'est définitif.

Il crut avoir rattrapé sa bévue mais Sérignac le considérait toujours d'un œil sceptique. Soudain, ce dernier éclata d'un rire qui sonnait faux.

— Mon pauvre Jacques ! Celle dont vous vous languissez est à Saint-Solve, paraît-il. Allez donc tenter votre chance !

Il s'éloigna du métayer en riant encore de sa repartie et d'une situation qu'il jugeait grotesque. Clément avait trop l'habitude de sa désinvolture et de ses moqueries pour perdre son temps à le haïr. Il ne retenait qu'une chose de cette conversation écourtée : Martha était libre et vivait à Saint-Solve. Dorénavant, une seule priorité s'imposait : la revoir.

23

Le front de Firmin Besson dégoulinait de sueur. La chaleur du mois d'août n'était pas seule en cause. Son patient, assis, la jambe allongée, ne se montrait pas très coopératif.

— Arrêtez de bouger, s'écria-t-il, sinon je n'y arriverai jamais !

Pierre Maréchal ne savait comment se placer tant la crise était intense. Il grommelait et pestait contre le guérisseur qui cherchait à déceler l'endroit crucial où se nichait le mal.

Enfin, au bout d'une dizaine de minutes, les mains de Besson s'immobilisèrent au-dessus du genou gauche. Il marmonna quelques mots après avoir ordonné à Maréchal de se taire. Une fois son front épongé, les paupières closes, le visage concentré, il s'appliqua à passer ses mains en amont et en aval de la douleur.

Maréchal, qui le fréquentait avec assiduité, sentit l'habituelle réaction se forger : une envie de dormir mêlée à une détente de tous ses muscles, puis la dissolution progressive de la souffrance. Un soupir de soulagement sortit de ses lèvres.

— T'es mieux qu'un curé et un médecin réunis ! s'esclaffa-t-il en récupérant sur-le-champ sa bonne humeur.

Il voulut quitter sa chaise, mais le guérisseur s'interposa.

— Du calme ! Vous n'êtes pas dans votre fabrique. Ici, c'est moi qui commande.

Avec son bras, il s'essuya encore avant d'aller chercher un paquet d'herbes.

— C'est une décoction à boire trois fois par jour pendant une semaine. Sinon, le mal réapparaîtra.

Maréchal ne semblait pas convaincu. Il s'obstinait à mener la même vie : boire et manger ce qu'il aimait à satiété. Les tisanes et autres potions n'étaient pas son fort.

— Tu sais bien que je déteste boire ça, fit-il avec une grimace de dégoût.

Besson dodelina de la tête. Depuis ses premiers accès de goutte et ses rhumatismes, Maréchal montrait toujours la même mauvaise grâce à se conformer aux prescriptions. Dans ce cas, comment le guérir de façon durable ? Il fallait être plus ferme.

— Je n'irai pas par quatre chemins, l'avertit-il, les poings sur les hanches, la voix menaçante. Si vous persistez à ne pas m'écouter, cela risque d'être très grave et plus personne ne pourra vous soulager.

Pierre Maréchal se remit debout avec difficulté.

— Quelle importance ? jeta-t-il en saisissant sa canne. Il n'y a personne après moi. Ma femme est à l'église tous les jours. Si je disparais, elle fera célébrer des messes et fleurira ma tombe. Quelle belle consolation, n'est-ce pas ?

Besson ne disait plus rien. C'était la première fois qu'il l'entendait parler de cette façon. Ainsi, l'inépuisable enjouement qu'il affectait pouvait dissimuler une amertume ? Qui l'aurait soupçonné ?

— En attendant, reprit le guérisseur, j'ai quelque chose d'autre pour vous.

L'œil de Maréchal s'alluma.

— Ne serait-ce pas ce que je t'avais commandé ?

Besson s'accroupit pour s'emparer d'un sac de toile glissé sous un buffet.

— Chut ! fit-il avant de brandir un lièvre au cou brisé. J'ai failli me faire prendre. Heureusement, je connais trop bien le pays, même la nuit. J'ai semé le gêneur près du Rouchat.

— Je n'ose pas te féliciter, pourtant c'est une belle bête !

Ils éclatèrent de rire, mais cette hilarité fut de courte durée : des coups frappés contre la porte l'interrompirent.

— Tudieu ! jura Besson en fourrant le lièvre et le sac sous le buffet. Il ne manquait plus que ça !

En allant ouvrir, il constata que son chien n'aboyait pas comme d'habitude.

— Ce doit être un voisin, remarqua-t-il, Youki me semble bien calme.

Lorsqu'il tira la porte, son visage acheva de se détendre. Martha se tenait devant lui, une enveloppe à la main.

— Excusez-moi ! dit-elle. Je ne veux pas vous déranger, je viens juste vous remettre le montant du loyer.

Comme il ressentait de la sympathie pour elle, il l'invita à entrer. N'était-elle pas aussi une victime de Louis Sérignac ? Cela suffisait à créer un lien. Il s'apprêtait à la présenter à Maréchal lorsque ce dernier, pressé de partir, prit les devants.

— Je reviendrai te payer après-demain et nous verrons ensemble où j'en suis de cette maudite goutte.

— Vous oubliez quelque chose ! le rappela Besson.

Maréchal voulut faire demi-tour en direction du buffet mais le bout de sa canne dérapa sur le sol et avant même que quiconque puisse intervenir, il tomba de tout son poids sur le côté. En un éclair, Martha fut près de lui, passant son bras autour de ses épaules.

— Avez-vous mal ?

Besson s'agenouilla à son tour et commença à le tâter pour voir s'il n'avait rien de cassé.

— Nom de nom ! s'énerva Maréchal. Je suis bon à jeter au rebut !

— Il faut lui frotter les tempes avec du vinaigre, suggéra Martha.

— J'ai mieux que ça !

En quelques secondes, le guérisseur s'élança vers son buffet puis revint placer le bord d'un goulot de carafe entre les lèvres de Maréchal.

— Buvez ! C'est de la vieille prune, elle a plus de dix ans !

La tête calée contre l'épaule de la jeune femme, Maréchal qui n'avait ressenti aucune douleur particulière après sa chute se laissait dorloter comme un enfant. L'alcool ne fut pas pour lui déplaire. Il fit claquer sa langue.

— Tu m'en donneras une bouteille avec le lièvre !

Enfin, il replia ses jambes pour se relever.

— Appuyez-vous sur moi, proposa Martha, je suis solide.

L'aide de Besson ne fut pas de trop. A deux, ils réussirent à le remettre sur pied. Mais Maréchal ne voyait plus que la jeune femme et les efforts qu'elle déployait alors qu'ils ne se connaissaient pas. Elle lui tendit son chapeau qui avait roulé par terre.

— Je ne sais pas qui vous êtes, fit-il en la remerciant, mais à mon âge et dans l'état où je suis, je peux vous dire que non seulement vous êtes jolie, mais que votre gentillesse me va droit au cœur.

— Elle se prénomme Martha, intervint Besson, elle était fiancée à Louis Sérignac avant qu'il ne la congédie. A présent, je lui loue ma petite maison à l'entrée du village.

— Louer ? Quelle idée ! protesta Maréchal. Il fallait l'héberger sans contrepartie. Il y a des réfugiés politiques qui s'installent dans le pays. Le temps qu'ils s'organisent ou trouvent du travail, nous pouvons leur faciliter la vie. Dans ma fabrique, j'ai embauché trois Espagnols.

Besson eut l'air gêné, mais Martha vola à son secours.

— Pour l'instant, je préfère que les choses soient ainsi. Le jour où je ne pourrai plus payer, nous verrons bien.

Elle avait rétabli un climat de confiance. Le guérisseur ressortit son lièvre en ajoutant la bouteille réclamée.

— Avec ça, dit-il à Maréchal, votre prochaine crise est pour la fin de la semaine. Si vous continuez ce régime, d'ici peu, ce sera l'hôpital.

— Diantre, non ! Je préfère mourir avant.

Il boitilla jusqu'à la porte. Au-dehors, une carriole attelée, le seul moyen de locomotion qu'il pouvait conduire, était garée près de la route. Avant de la rejoindre, il salua Besson puis se tourna vers Martha. Tout à coup, ses traits se creusèrent et son regard erra sur le sol.

— Si ma fille avait vécu, fit-il d'une voix émue, je crois qu'elle vous ressemblerait. Dites à Thérèse Leroux que nous nous sommes rencontrés et que je me suis bien trompé, elle comprendra.

Il s'éloigna traînant toujours la jambe. Besson retint Martha alors qu'elle voulait encore l'aider à monter dans sa voiture.

— Il ne faut pas, défendit-il. Je connais bien Maréchal, c'est un homme fier et courageux, il peut se vexer. En tout cas, il vous a fait un sacré compliment !

— Monsieur Maréchal ? reprit-elle, les yeux écarquillés. Celui qui a racheté l'ardoisière des Saint-Jabreilles ?

— C'est bien lui.

— Dommage ! J'avais tant de choses à lui demander…

Besson qui vérifiait d'un œil discret le contenu de l'enveloppe qu'elle lui avait apportée l'apaisa.

— Ne vous tourmentez pas ! Je crois que vous serez toujours la bienvenue chez lui.

Quand Martha regagna sa petite maison, l'après-midi finissait sous un ciel voilé, sans doute précurseur d'un orage. Sa rencontre avec Pierre Maréchal gommait en partie le souvenir douloureux de Jacques et son attitude désagréable. Elle regarda autour d'elle. Le confort sommaire de l'habitation lui sauta aux yeux, il donnait raison à Thérèse. Comment imaginer vivre un hiver dans ce lieu ? Le soleil rendait tout plus facile, plus acceptable. D'ailleurs, elle avait abandonné le maquillage et s'habillait de vêtements moins apprêtés. Croyant avoir affaire à une habitante d'ici, des étrangers l'abordaient pour obtenir des renseignements. Son accent les déroutait toujours.

Rêveuse, elle s'assit sur l'une des marches qui bordaient l'arrière de la maisonnette. Sous ses pieds, un jardinet s'étalait, foisonnant d'herbes et de fleurs sauvages. Ses pensées s'envolèrent vers François de Saint-Jabreilles. La veille, elle lui avait écrit une lettre toute simple pour lui communiquer son adresse et prendre de ses nouvelles. Elle n'avait pas omis de mentionner les salutations de l'abbé Mourioux, et envisageait un second voyage à Limoges s'il voulait bien la recevoir.

Un premier éclair déchira le ciel, suivi d'un fracassant coup de tonnerre. Dans les maisons environnantes, des fenêtres se fermèrent, des portes claquèrent. Un vent puissant se mit à souffler, formant des tourbillons de feuilles et de poussière. Martha n'avait pas peur. Elle se pelotonna sur le haut des marches pour ne rien perdre du spectacle. Petite fille, elle se cachait de la même manière au pied du grand sapin qui poussait dans le jardin familial, inconsciente du danger mais certaine que son père viendrait la chercher. Elle se souvenait de sa voix qui l'appelait, de ses pas qui se rapprochaient puis de sa façon de l'attraper à pleins bras en l'embrassant.

« *Du bist mein Liebstes* »[1], répétait-il sans la réprimander. Ces lointaines images émergeaient du fond de sa mémoire comme des instants de bonheur parfait que rien ni personne ne pouvait lui arracher. De grosses gouttes de pluie tombèrent, rebondissant sur la terre sèche, puis cessèrent. Une lumière aveuglante zigzagua de nouveau dans le ciel.

— C'est un orage sec, fit une voix derrière elle, il ne va pas durer.

Elle se redressa d'un bloc en se rappelant qu'elle n'avait pas verrouillé sa porte et que celle-ci pouvait s'ouvrir sous une simple pression.

— De quel droit… ? s'écria-t-elle, mais la surprise l'empêcha de terminer sa phrase.

Jacques Clément la regardait d'un œil craintif.

— Ne me renvoie pas tout de suite ! implora-t-il. Permets-moi juste de m'expliquer !

---

1. « Tu es ce que j'ai de plus cher. »

Elle oscillait entre son désir de l'éconduire et l'attirance qu'elle ressentait encore.

— Inutile de perdre notre temps, dit-elle enfin. Tu as mille choses à faire, moi aussi. Alors, je te demande d'être bref.

Il n'avait pas envisagé un autre accueil. La faute était bien de son côté, même s'il regrettait ses paroles.

— Je me suis comporté comme un rustre. Peux-tu au moins me pardonner ?

Martha osait à peine lever les yeux vers lui tant elle craignait de faiblir.

— J'accepte tes excuses, répondit-elle seulement. Tu peux repartir sans te sentir coupable. C'est bien ce que tu désirais, n'est-ce pas ?

— Est-ce que nous nous reverrons ?

— Je ne sais pas.

Il recula jusqu'à la porte :

— A bientôt.

Comme il n'obtenait pas de réponse, il s'échappa sans insister.

Dès qu'il fut dehors, Martha se rua sur le verrou et le tira. Des larmes noyaient ses yeux.

24

L'orage fut violent mais momentané. Dès le matin suivant, l'été reprit ses droits. De Saint-Solve à Vignols, sans oublier Saint-Viance ou Donzenac, les villageois surveillaient le ciel en espérant que le beau temps durerait jusqu'au 15 Août. Ce jour-là, comme chaque année, malgré un climat politique en ébullition – des manifestations d'agriculteurs en colère venaient d'avoir lieu un peu partout dans la région –, on célébrait la traditionnelle fête de la Vierge. Mais ce rassemblement ne serait-il pas le dernier avant le grand chamboulement qu'annonçaient les prochaines élections ?

Par revanche et déception, la plupart des esprits viraient au rouge ; toutefois, l'extrême droite, qui regroupait ses sympathisants sous diverses bannières, avait son mot à dire. Parmi ceux-ci, Leroux, qui rêvait de devenir un notable, avait choisi le Parti agraire dont il devenait un ardent défenseur. Pendant qu'il assistait à ses réunions, Thérèse enfourchait toujours son vélo et roulait le long des sentiers ombragés ou sur les petites routes qui reliaient les bourgs entre eux. C'était sa façon d'évacuer les tensions qui la bridaient. Elle se rendait de plus en plus souvent à Saint-Solve, où elle savait qu'elle serait accueillie à tout moment sans réticence par Martha.

Deux jours après l'orage, elle débarqua tôt chez son amie en assenant quelques coups contre la porte.

— Ouvrez-moi vite, Martha ! Il se passe des choses…

La jeune femme n'entrebâilla la porte qu'au bout de quelques minutes. Ses cheveux encore mouillés par la toilette dégageaient son visage et son front aux lignes pures. Thérèse admira sa beauté sans artifice ni fard. Vêtue d'une simple tunique rose et d'une jupe noire qui lui arrivait à mi-jambes, elle n'avait pas besoin d'autre chose pour aviver son éclat naturel. La femme du minotier, qui ne s'était jamais jugée belle ni même agréable à regarder, resta pétrifiée par cette apparition. Martha l'embrassa.

— Entrez donc et mettez-vous à l'aise ! Il doit rester du café, je n'ai pas tout bu.

Le soleil dessinait un rond de lumière sur la table, éclairant une tasse et une boule de pain entamée. Elle venait de finir son petit déjeuner. Une odeur de café flottait à travers la pièce. D'emblée, elle posa une tasse devant Thérèse qui s'asseyait puis approcha la cafetière.

— Que se passe-t-il ? Vous avez l'air bouleversée.

— Je ne l'ai appris qu'hier soir, la foudre est tombée sur la métairie de Louis Sérignac. Il paraît que le feu a aussi détruit une grange et une étable.

La cafetière s'échappa des mains de Martha et se renversa sur la table, répandant une flaque fumante qui goutta jusqu'au sol.

— Attention ! Vous allez vous brûler ! cria Thérèse.

Martha ne semblait pas entendre ; elle saisit son amie aux épaules.

— Y a-t-il eu des blessés ? Et Jacques Clément, savez-vous quelque chose sur lui ?

Ses ongles perçaient presque le tissu tant elle serrait.

— Vous me faites mal !

— Pardon.

Martha ôta ses mains, mais l'angoisse ravageait toujours ses traits.

— J'ignore s'il était là, reprit Thérèse. Vous paraissez inquiète, je ne comprends pas.

La jeune femme se mit à éponger le café mais ses gestes saccadés, nerveux étaient comme des signaux. Thérèse ne fut pas longue à établir un lien.

— Seriez-vous amoureuse de Jacques Clément ? On a toujours dit que c'était un ours. Et il n'a jamais pris votre défense, si je ne m'abuse.

— Aïe ! fit Martha en retirant ses doigts du liquide brûlant. Je veux aller trop vite et je fais des bêtises !

— Mettez votre main sous l'eau froide ! conseilla Thérèse.

La recommandation porta ses fruits. L'eau du robinet apaisa la douleur. Martha essuya alors ses mains avec application, divisée par une lutte intérieure. Devait-elle se confier à Thérèse ou ne rien divulguer et se rendre à Vignols ? Elle ouvrit la fenêtre. De la rosée brillait sur les herbes, présage d'une belle journée. Quelques abeilles bourdonnaient en voletant autour des fleurs.

— Avez-vous déjà senti au fond de vous ce torrent qui emporte tout sur son passage ? demanda-t-elle soudain. Ces secousses pareilles à des tremblements de terre contre lesquelles vous ne pouvez lutter ? Il suffit d'un prénom, d'un visage et le monde entier est transfiguré.

Elle se retourna. Les traits de Thérèse s'étaient altérés.

— Amélie me parlait parfois comme vous le faites. J'ai toujours été subjuguée par ces vies transformées, illuminées par ce sentiment qu'on appelle amour.

Un rire convulsif la prit. Elle se planta devant la petite glace accrochée au-dessus de l'évier.

— Regardez-moi ! Voici la fée Carabosse, celle qui n'a jamais attiré personne. Je n'ai eu que des coups de cœur sans écho, sans retour. J'ai appris à encaisser les échecs mieux que personne. Quant à mon mariage, il a été arrangé par mes parents. Ma réponse vous satisfait-elle ?

Il y avait tant de souffrance derrière ses paroles que Martha l'entoura de ses bras. Blottie contre elle, Thérèse éclata en sanglots.

— Ne pleurez pas ! Votre droiture, votre générosité, tout est clair chez vous et mérite le respect. N'est-ce pas ce qui compte le plus ? Souvent, ce sont les choix amoureux que l'on s'impose qui nous amènent au bord d'un précipice. Nous sommes tous semblables.

Avec lenteur, Thérèse s'écarta en séchant ses larmes.

— Maintenant, je pense être en mesure de vous l'avouer, continua Martha. En effet, je suis amoureuse de Jacques Clément, mais cet amour n'aboutira jamais tant qu'il sera au service de Louis.

— Je m'en doutais. C'est terrible pour vous. Cet homme encore jeune – il n'a que trente-six ans – est inaccessible. Un seul désir le motive : finir ses jours à la métairie sans autre ambition qu'être pauvre et solitaire. Tout le monde est unanime : à moins d'un miracle, il ne changera jamais. Si vous persistez, vous allez beaucoup souffrir.

— L'amour peut faire des miracles.

Un moineau audacieux se posa sur le rebord de la fenêtre. Sa petite tête ronde bougeait dans tous les sens. Martha voulut lui lancer des miettes de pain mais son geste suffit à le faire fuir.

— Il faut que j'aille à Vignols pour en avoir le cœur net, déclara-t-elle en le regardant s'envoler, ensuite nous verrons.

— Et monsieur Maréchal ?

— Soyez tranquille, Thérèse, je ne suis pas près de l'oublier.

Un quart d'heure plus tard, Martha montait à pied vers Vignols. Deux camionnettes transportant des ardoises la croisèrent. Elles se dirigeaient vers la gare qui assurait l'acheminement des marchandises vers Limoges en passant par Nexon. De loin, on apercevait la voie ferrée et les trains qui circulaient sur les aqueducs construits autour du village. La pétarade d'une motocyclette qui s'essoufflait en gravissant la côte obligea la jeune femme à se réfugier sur le côté de la route. Plus elle se rapprochait de Vignols, plus son émotion grandissait. La beauté sauvage de ce pays verdoyant, les vieilles maisons aux toits d'ardoises et les ruelles si pittoresques du petit bourg dégageaient un charme dont elle ne se lassait pas.

Elle longea le cimetière et l'église, fut tentée d'aller saluer l'abbé Mourioux mais l'idée de devoir affronter Léonie l'en dissuada. Elle fit un détour pour rejoindre le domaine de Sérignac, situé entre les Gardes et le Moulin de Vignols. Parvenue aux abords de la métairie, elle respira. Les informations de Thérèse n'étaient pas exactes. La foudre avait détruit le toit de la grange mais la ferme habitée par Jacques n'était pas endommagée. De l'endroit assez éloigné où elle se trouvait, elle vit Lucien monté sur une échelle qui tenait le coin d'une bâche tandis qu'un autre homme, un couvreur sans doute, lui indiquait comment la placer au-dessus de la charpente noircie. Tranquillisée, elle décida de s'éclipser pour ne pas rencontrer Jacques. Elle ne fit que quelques pas. Le moteur d'une voiture qui ralentissait derrière elle l'alerta. Elle eut beau lui céder le passage, le conducteur l'apostropha.

— Bonjour, Martha ! J'étais certain qu'un jour ou l'autre nous nous croiserions.

Appuyé sur sa voiture, une Renault décapotable toute neuve, Sérignac la dévisageait avec un regard ironique.

— Bonjour, répondit-elle en espérant échapper à une confrontation qui lui pesait déjà.

Pour bien montrer son désintérêt, elle poursuivit son chemin mais ce fut en vain, il la rejoignit.

— Etes-vous pressée à ce point ?

— Je n'ai pas de temps à perdre.

Il l'attrapa par le bras et n'hésita pas à le tordre pour la forcer à le regarder en face.

— Vous pouvez bien m'accorder une minute !

Outre la douleur, une flambée de colère la submergea. Que se permettait-il, alors qu'ils n'avaient plus rien à se dire ? Etait-ce un jeu ou l'un de ces caprices dont il était friand ?

— Je n'ai pas le temps ! répéta-t-elle en tentant de se dégager de son emprise.

— Pourtant vous êtes superbe, reprit-il sans la lâcher, et je sais que vous n'avez pas d'autre homme dans votre vie. Laissez-moi au moins vous embrasser !

Ses bras se refermèrent sur elle. Il empestait l'alcool. Elle prit conscience que personne ne s'aventurait de ce côté et que les ouvriers qui travaillaient sur la toiture étaient trop loin.

— Je vous interdis de me toucher ! cria-t-elle en tentant de lui décocher un coup de pied.

Mais il ne semblait plus lui-même et ses bras se resserraient autour d'elle comme des étaux. Ses yeux injectés de sang avaient de quoi faire frémir. Alors qu'elle commençait à vaciller, elle sentit que son étreinte se desserrait. En même temps, la voix de Jacques Clément s'éleva :

— Cessez de vous conduire comme un vaurien !

Il tenait Sérignac par le col de sa chemise et le tirait en arrière sans ménagement.

— Auriez-vous oublié vos manières de gentleman ?

Malgré l'alcool qu'il avait avalé, Sérignac se rendit compte qu'il perdait la face. Il essaya de retourner la situation à son avantage.

— Vous êtes mon employé, s'écria-t-il, je peux vous renvoyer immédiatement !

— Et qui s'occupera de vos terres ou de ce qu'il en subsiste ? Vous ne pouvez même plus me rétribuer.

L'échange s'envenimait, Martha comprit que cela ne la concernait plus.

— Merci, souffla-t-elle à Jacques.

Puis elle courut vers l'autre côté du village tandis que Sérignac persistait à vociférer contre celui qui avait osé s'opposer à lui.

25

Deux jours plus tard, toutes les cloches des églises se mirent à carillonner en même temps.

A Donzenac, des cantiques chantés à plein gosier emplirent la rue des Pénitents. Sous un ciel bas et nuageux, le bourg vibrait de voix claires. La foule des fidèles, formée en grande partie de femmes et d'enfants, encadrait la statue de la Vierge, portée par quatre enfants de chœur. En avant du cortège, le curé en chasuble blanc et or balançait son encensoir au rythme des *Ave Maria* entonnés à l'unisson.

Sur le passage du cortège, la fenêtre d'une maison se ferma avec ostentation puis une main vindicative tira les doubles rideaux. Pierre Maréchal détestait le 15

Août et les défilés religieux qui l'accompagnaient. Et pour couronner le tout, ce rassemblement avait l'audace de passer sous ses fenêtres !

Il avait toujours honni l'Eglise et tout ce qui s'y rattachait, surtout depuis que son épouse, désertant le foyer, consacrait la plus grande partie de ses journées à exprimer sa piété. Retranché derrière ses rideaux, il n'avait aucune difficulté à l'imaginer tout habillée de noir, marchant près du curé, le missel en mains, joignant sa voix aiguë à celles des autres.

Depuis la disparition de leur fille, elle avait trouvé là un exutoire à son malheur. Lui s'était réfugié dans le travail, la direction de sa fabrique d'ardoises et l'abondance de bonne chère qu'il avait appris à cuisiner mieux que personne. Le plus souvent, il invitait un ou deux amis et les régalait sans parcimonie, heureux de les voir savourer ses plats. Le lièvre de Firmin Besson à peine digéré, il préparait déjà un canard au sang qui le détourna de la gênante procession. Dès que les voix s'éloignèrent, il repoussa ses rideaux puis entrouvrit sa fenêtre. On n'était pas loin de midi, des effluves de thym et de sauce parfumée se répandaient à travers toute la maison. Seule ombre au tableau en ce jour de fête, il ne savait avec qui partager son repas. Les quelques amis sollicités ayant décliné son invitation, il se résignait à manger en face de sa femme lorsque la clochette de l'entrée tinta. Il crut qu'une de ses connaissances avait changé d'avis et s'empressa d'aller ouvrir. La surprise fut de taille.

Martha se tenait sur le seuil.

— J'espère que je ne vous dérange pas ? s'enquit-elle tout de suite.

Face à une visite aussi surprenante que flatteuse, il vérifia que ses rares cheveux blancs étaient en ordre et se réjouit d'avoir ôté le grand tablier dont il s'affublait pour cuisiner. Délivré de ses petites inquiétudes, il la pria d'entrer.

— Que ça sent bon ! s'exclama-t-elle en le suivant dans la salle à manger.

Elle lui expliqua qu'elle venait prendre de ses nouvelles et qu'elle avait emprunté le vélo de Thérèse pour arriver jusque-là.

Indifférent à tous ces détails, il ne retint que sa remarque sur les effluves qui s'échappaient de sa cuisine et s'interrogea sur ses capacités à goûter les plats qu'il affectionnait.

— Un canard au sang finit de mijoter, dit-il, mais je doute que ce genre de nourriture vous plaise.

Martha, qui avait pédalé pendant une dizaine de kilomètres sur une route vallonnée, avait une faim de loup.

— C'est la cuisine que je préfère ! répondit-elle sans calcul ni a priori. Elle me rappelle mon enfance et ces dimanches où nous nous réunissions autour de la table familiale. Je crois que ce sont des plats que l'on mange arrosés d'un bon vin rouge français, non ?

Maréchal en aurait gloussé de plaisir.

— Sacrebleu ! Je vous invite à partager ce canard et à boire du vin de ma réserve. Gare à vous si vous refusez !

En quelques minutes, il dressa la table puis descendit vers sa cave pour aller chercher la bouteille promise. Quand il réapparut, l'atmosphère conviviale s'était dissipée.

Avec son chapeau noir sur la tête, son sac à main au bras et son missel, Gisèle, son épouse, était de retour. D'un regard, elle avait déjà jaugé l'ambiance de la salle à manger.

— Je te présente Martha, fit Maréchal, c'est une amie de Thérèse. Elle habite Saint-Solve.

Seul le nom de Thérèse anima un peu sa figure éteinte. Après un léger sourire, elle posa son sac et son livre de messe dans l'entrée pendant que son mari faisait asseoir Martha à table et ajoutait un couvert.

— Je ne pensais pas qu'elle reviendrait si vite, souffla-t-il à son oreille. Vous verrez, elle n'est pas méchante, mais elle ne s'intéresse plus à rien.

Sans un mot, Gisèle s'installa, son chapeau toujours sur la tête. Avec sa robe stricte et noire qui accentuait sa maigreur et les rides de son visage, elle semblait toute frêle à côté des rondeurs de son mari. Aucun bijou n'égayait son apparence triste et résignée. On eût dit qu'un mal sournois la rongeait.

Habitué à son attitude, Pierre Maréchal ne lui prêta aucune attention tout au long du repas. Il se tourna vers Martha et fut volubile, lui demandant sans cesse son avis sur le vin, le canard et la cuisine française en général. La jeune femme s'évertuait à lui répondre mais le cœur n'y était pas : la présence de Gisèle la refroidissait. Quand il apporta le fromage, son épouse se leva.

— Je n'ai plus faim, dit-elle.

Sans donner d'autre explication, elle les quitta.

Martha l'entendit monter un escalier puis le silence retomba.

— C'est l'heure de sa sieste, commenta Maréchal, qui façonnait des boules avec de la mie de pain. Il ne faut pas lui en vouloir, elle est comme ça depuis le jour où nous avons perdu notre fille, il y a trente ans. Bon ! abrégea-t-il, je ne tiens pas à remuer ces souvenirs-là. Si nous goûtions la vieille prune de Besson ?

Martha comprit qu'elle devait accepter même si elle comptait tremper simplement ses lèvres dans le verre. L'instant lui semblait idéal pour obtenir des confidences.

Comme elle le prévoyait, l'alcool la fit tousser, mais Maréchal fut dithyrambique.

— Quel régal ! Il y a tout notre pays là-dedans ! Qu'en pensez-vous ?

Elle n'avait bu que quelques gouttes mais abonda dans son sens. Elle le voyait s'épanouir de plus en plus, les joues et le front rouges. Lorsqu'il se mit à raconter ses anecdotes d'ancien chasseur, du temps où sa santé lui permettait encore de marcher et de courir à sa guise, elle estima le moment venu.

— Il paraît que votre fabrique appartenait aux Saint-Jabreilles ?

— C'est juste, répondit-il à peine surpris par sa question. En fait, je l'ai rachetée à Louis Sérignac. Son épouse, Amélie, venait de la lui céder et d'après mes renseignements, le contrat de mariage avait été modifié. Le vieux Saint-Jabreilles en a assez souffert.

Il se versa une nouvelle rasade d'alcool.

— D'ailleurs, continua-t-il, avec mes problèmes de santé et mon âge, je ne sais même pas ce que cette fabrique va devenir. Je me pose tous les jours la question.

— Amélie devait être très amoureuse pour lui donner ses biens ? interrogea Martha.

— Au début, sans doute. Puis, je crois qu'elle s'est détachée peu à peu de ce mari dépensier et volage. Par chance, elle a eu Alban et s'est consacrée à son fils. Avant lui, c'était une vraie femme d'affaires. Son père lui avait appris à diriger l'ardoisière et ses dix ouvriers. La fabrique a été mise en vente en 1916, à la naissance du petit.

Les pas de Gisèle qui descendait l'escalier le rendirent silencieux. Il commença à débarrasser la table. Martha voulut l'aider mais il l'envoya s'asseoir dans l'un des deux fauteuils qui occupaient le fond de la pièce.

— Je n'en ai pas pour longtemps et demain, Angélique, notre bonne, lavera la vaisselle.

Son épouse vint tendre une main nonchalante à Martha.

— Je vais à l'église. Les vêpres sont plus longues en ce jour de l'Assomption. Au revoir, mademoiselle, passez une bonne après-midi !

La jeune femme bredouilla quelques mots de remerciement. Elle qui pensait devoir s'expliquer, rendre des comptes sur sa présence, rencontrait une femme absente, retranchée dans un monde que rien ni personne ne semblait pouvoir atteindre. Son épouse partie, Maréchal s'assit dans le deuxième fauteuil, près de Martha.

— Même un ami ne peut comprendre ce que je vis, confia-t-il. Quand nous sommes ensemble, elle redevient semblable à une enfant. Je dois la surveiller pour qu'elle mange, sinon elle cesserait de s'alimenter. Plusieurs fois, je l'ai retrouvée au cimetière, penchée sur la tombe de notre fille et racontant toute notre vie.

Il prit une boîte de cigares, l'ouvrit pour en choisir un.

— Ce genre de plaisir m'est interdit, ironisa-t-il, mais si je m'abstiens, que me restera-t-il ?

Une grimace soudaine déforma ses traits.

— Mes vieilles douleurs reviennent. Il faut que j'allonge ma jambe ! Dire que demain je dois être à sept heures à la fabrique !

Alors qu'il essayait de se redresser, Martha fut plus prompte que lui. Elle approcha un tabouret sur lequel trônait un coussin à fleurs.

— Merci, dit-il en tentant cette fois de soulever sa jambe sans succès.

D'office, Martha saisit sa cheville et posa son pied sur le coussin.

— Au moins, rit-elle, je sers à quelque chose !

— Votre compagnie est un vrai plaisir, souligna-t-il, je me sens moins seul. Nous avons bien quelques connaissances, dont Thérèse et son mari, mais ce bougre a un fichu caractère ! Quant aux autres, le comportement de ma femme les déroute.

Il porta son cigare à ses lèvres et aspira une bouffée.

— Ne parlions-nous pas de la fabrique ?

— Et d'Amélie, précisa Martha.

Il fronça les sourcils, fouillant sa mémoire.

— A l'époque de sa mise en vente, la guerre battait son plein. Amélie s'est dévouée corps et âme pour les orphelins de la commune et leurs mères. Elle les recevait dans ce que tous appellent encore « le château », distribuait des vivres et un peu d'argent. De là vient sa réputation de sainte. Personne n'a oublié le bien qu'elle dispensait autour d'elle.

— Et Louis Sérignac ?

— Ses relations lui ont permis d'échapper au pire. Il n'a été mobilisé que cinq mois à l'arrière, dans le nord de la France, puis il est revenu et c'est tout.

La cloche de l'église recommença à sonner, invitant les fidèles à se réunir. Martha devint songeuse. Le temps filait à une vitesse vertigineuse. Grâce à la sympathie de Pierre Maréchal, elle réussissait à tisser l'histoire d'Amélie petit à petit comme un fil cassé qu'on renoue. Tant pis si ce qu'elle avait envie de dire à présent ne devait susciter que mépris ou raillerie, elle devait confier ce qui lui tenait à cœur.

— Je n'osais vous le proposer, lança-t-elle tandis qu'il aspirait une autre bouffée de son cigare, mais tout à l'heure, vous avez évoqué votre indécision concernant le quotidien puis l'avenir de la fabrique. Eh bien, mon souhait le plus cher serait de pouvoir vous seconder.

26

De la fenêtre de son bureau, Louis Sérignac vit les petits groupes de vendangeurs se diriger vers les coteaux où s'étalaient encore des vignobles. Cette année, par crainte d'un automne précoce et pluvieux, le début des vendanges avait été avancé. Autrefois, Vignols avait dû sa renommée et sa richesse à ses collines bien exposées qui produisaient, racontait-on, un excellent vin. Sérignac regretta de ne pas posséder l'une de ces terres. Lire sur une bouteille une étiquette portant son nom en grosses lettres manquait à son palmarès.

L'entrée de Blanche portant un plateau et deux tasses de café abrégea sa morosité.

— Voilà ce que vous m'avez demandé, Monsieur. Mais je ne viens pas seule…

Derrière elle, il aperçut Lucien qui tenait sa casquette à la main. L'ouvrier n'avait pas oublié sa convocation pour le lendemain du 15 Août. C'était une bonne chose. Le reste serait vite expédié.

— Entrez donc, mon bon. Nous allons d'abord prendre un café, ensuite nous parlerons.

A cette heure matinale, Lucien avait plutôt l'habitude de manger une soupe ou un morceau de fromage avec un verre de vin.

— J'aimerais mieux boire autre chose, dit-il.

— Il n'y a que ça ! répondit Sérignac, agacé.

« Plus on leur en donne, pensa-t-il, plus ils en réclament ! » Pour éviter de se montrer désagréable, il se modéra, estimant qu'après tout, il n'avait affaire qu'à un être fruste et sans manières.

— Asseyez-vous, je vous prie. Voulez-vous au moins une cigarette ?

— Je ne les connais pas, fit Lucien après avoir jeté un coup d'œil sur le paquet. Je préfère les miennes.

Il sortit sa blague à tabac et commença à se rouler une cigarette sous le regard incendiaire de Sérignac. Refuser de fumer une cigarette anglaise de cette qualité était comme une injure. Mécontent, il décida d'en finir.

— Je suis obligé d'aller droit au but, ma journée est trop chargée. Je ne peux plus vous garder, Lucien. Bien entendu, je vous paye la semaine commencée.

Avec un aplomb déconcertant, l'ouvrier prit son temps pour humecter le bord du papier, puis il plaça la cigarette au coin de sa bouche avant de l'allumer avec un vieux briquet. Enfin, il remit sa casquette sur sa tête et fixa Sérignac dans les yeux.

— Après vingt ans de collaboration, vous me renvoyez du jour au lendemain comme un malpropre avec une indemnité de misère ! Et vous croyez que je vais accepter ?

Sérignac saisit son stylo à plume et le tourna entre ses doigts.

— Je peux vous donner une semaine de gages en plus, c'est tout.

— Votre mémoire est défaillante, commenta Lucien sur un ton narquois. Vous souvenez-vous de notre première rencontre ?

Un doute traversa le regard de Sérignac. Il reposa son stylo.

— J'ignore où vous voulez en venir. Vous allez me rafraîchir la mémoire, je suppose ?

— Volontiers. Nous étions en 1916, je revenais de la Meuse. A cause de ma blessure, je marchais avec des béquilles, mais j'avais à cœur d'envisager l'avenir et de retravailler. Quand je suis arrivé chez vous, une fenêtre était ouverte et vous vous disputiez avec votre épouse, Amélie. J'ai tout entendu jusqu'à ce que quelqu'un, prenant conscience du danger, referme la fenêtre.

Sérignac tenta de déjouer la manœuvre en ironisant à son tour.

— Et qu'avez-vous donc entendu, cher Lucien ?

— Le chantage sur la fabrique et la naissance d'Alban. Suis-je assez clair ?

Un silence oppressant plana dans la pièce. Il n'y avait plus de patron ni d'ouvrier, mais un homme anéanti face à un autre qui se rengorgeait.

— Combien désirez-vous ? souffla Sérignac, le teint pâle.

— Je ne suis pas un filou. Je veux travailler en paix. A mon âge, trouver une autre place sera difficile. Vous me gardez dans les mêmes conditions, ça suffira.

Sa réponse le soulagea en partie. L'ouvrier lui offrait un visage différent, loin de ce qu'il redoutait. Mais pour être sûr qu'il se taise, il fallait lui assurer une promotion. Elle rachèterait l'erreur d'avoir cherché à s'en débarrasser et pérenniserait son silence.

— J'ai une idée ! s'exclama-t-il soudain.

Il se leva pour aller ouvrir la porte d'un petit meuble. Un plateau et des carafes à moitié pleines apparurent.

— Un bon armagnac, voilà ce qu'il nous faut !

Lucien l'observait sans rien dire. Conciliant, il s'empara du verre qu'on lui offrait mais ne trinqua pas tout de suite.

— Vous allez remplacer Jacques Clément, et vous toucherez le double de votre salaire actuel. N'est-ce pas l'idéal ?

L'ouvrier se gratta la nuque. La tentation était grande, mais que dire au métayer qui ne se doutait de rien ?

— Je suis furieux contre lui, expliqua encore Sérignac. L'autre jour, il s'est interposé de façon violente entre mademoiselle Wieder et moi alors que cela ne le regardait pas. Et tout cela pourquoi ? Vous ne devinerez jamais ! Depuis que je me suis séparé d'elle, il est amoureux de cette fille. Quelle bêtise ! N'est-ce pas ?

Lucien se mit à rire. Cette histoire ne l'étonnait pas. Il avait toujours été persuadé que sous ses airs distants et secrets, Clément jouait un double jeu. Il brandit son verre puis but, goûtant avec bruit.

— J'aime ça !

Sérignac avait le sourire. Les verres à peine vidés, il congédia son ouvrier sans le brusquer puis monta dans sa voiture. Il n'avait pas prévenu Beaulieu mais comptait sur l'amitié qui les liait pour que le notaire le reçoive à l'improviste. Plus que jamais, il avait besoin d'argent.

Lorsqu'il se présenta à l'étude, le premier clerc eut un instant d'hésitation en l'accueillant.

— Maître Beaulieu a beaucoup de rendez-vous aujourd'hui…

L'insistance de Louis Sérignac eut raison de ses réticences. Il le conduisit dans la salle d'attente au décor défraîchi.

— Je vais me renseigner, annonça-t-il avant de refermer la porte.

La pièce n'était occupée que par des chaises paillées bancales et une table ronde sur laquelle s'empilaient quelques revues en piteux état. Sérignac fuma cigarette sur cigarette jusqu'à ce que le clerc réapparaisse, une heure plus tard.

— Si je ne vois pas maître Beaulieu dans la minute qui vient, s'énerva-t-il, je fais un scandale !

— Et lequel ? s'enquit le notaire qui avait suivi son employé.

Imperturbable, il dardait un œil froid sur celui qui avait été son meilleur client.

— Enfin, René, s'adoucit Sérignac, vous m'avez toujours reçu en priorité, si je ne m'abuse.

— Les temps changent, mon cher. Je ne vais pas bouleverser mes rendez-vous sous le prétexte que vous apparaissez.

Louis prit sa remarque comme un camouflet. Elle soulignait trop sa chute et l'effondrement de sa fortune. Blessé dans son amour-propre, il se rua sur le notaire et l'attrapa par la cravate.

— J'en profite pour vous dire que vos honoraires dépassent les bornes. Vous n'êtes qu'un exploiteur !

— Lâchez-moi ! ordonna Beaulieu. Votre comportement et vos paroles vous déshonorent.

Le clerc allait intervenir lorsqu'une silhouette inattendue se profila derrière le trio.

— Je vous ai connu plus pondéré, monsieur Sérignac. Auriez-vous renoncé à être un homme du monde ?

La réflexion de Pierre Maréchal, qui sortait du bureau notarial, atteignit son objectif.

Les joues empourprées, Sérignac fut contraint de lâcher prise. Cela faisait des années qu'il n'avait revu celui qui l'observait d'un œil étonné. Les deux hommes s'étaient bien croisés quelquefois, mais en voiture et sans entamer de conversation.

— Pardonnez-moi, s'excusa-t-il, je suis un peu soupe au lait mais ce n'est pas méchant.

Le notaire rajusta sa cravate avant de s'adresser à Maréchal.

— Vos visites sont toujours les bienvenues. Permettez-moi de vous raccompagner.

Au-dehors, une colonne d'enfants encadrée par deux religieuses passa en chantant sur le trottoir. Le notaire salua les sœurs coiffées de larges cornettes blanches puis serra la main de son client.

— J'espère que vous ne regretterez pas votre décision.

Maréchal esquissa un sourire avant de se diriger en claudiquant vers la camionnette conduite par son contremaître.

— Désolé ! fit alors Beaulieu en revenant vers Sérignac. Je n'aurai pas le temps de vous recevoir aujourd'hui. Téléphonez plutôt à l'étude ! On vous proposera un rendez-vous.

Les nuages se succédaient, poussés par un vent fort. Une averse passagère se déclencha. Elle n'empêcha pas les vendangeurs de poursuivre leur travail sans prêter attention à la Renault qui ralentissait le long des vignobles. Bientôt, le véhicule se gara au bout d'un chemin. Sérignac descendit de sa voiture, s'appuya contre elle, les yeux dirigés vers les hommes et les femmes qui s'activaient, la hotte sur le dos, le sécateur à la main. Ses pensées papillonnaient après son altercation avec Beaulieu. A travers sa façon de le rembarrer, le notaire avait exprimé haut et fort ce que l'on devait répéter tout bas. Désormais, il n'était plus « le châtelain », le propriétaire respecté, mais un homme rabaissé, critiqué. Au lieu de se remettre en question, il ne voyait dans cette transformation qu'une injustice, l'impression de n'être pas reconnu à sa juste valeur.

Bien qu'éphémère, une éclaircie soudaine mit les vendangeurs en joie. Des rires et des cris s'élevèrent du groupe. Une fraternité paraissait les unir comme de vieux compagnons de route. Sérignac se demanda si le même lien existait entre Jacques Clément et Lucien. L'ouvrier avait sans doute déjà prévenu le métayer de son remplacement. L'idée d'un affrontement entre ces deux-là l'amusait. De toute manière, il ne tarderait pas à être au courant. Des gouttes de pluie, prélude à une nouvelle ondée, l'obligèrent à rouvrir la portière de sa voiture pour s'abriter à l'intérieur. Il ne put s'asseoir. Deux mains le tirèrent avec violence vers l'arrière avant de lui faire accomplir une volte-face. Il se retrouva nez à nez avec Jacques Clément.

— Il y a longtemps que j'attends ce moment, gronda le métayer en le maintenant par le col de sa chemise. Vos méthodes sont pires que celles du dernier des scélérats !

— Vous vous égarez, répliqua-t-il, sûr qu'il bluffait. Grâce à moi, vous avez survécu pendant des années alors que vous n'étiez rien. Je n'ai pas peur d'un pauvre type comme vous !

Avec la fulgurance d'une décharge électrique, le poing de Clément s'abattit sur lui. Il eut un râle étouffé avant de tomber à la renverse. A quelques pas, les vendangeurs rassemblés riaient aux éclats, se croyant autour d'un ring. Des cris d'encouragement fusaient de toutes parts. Sur le sol boueux, Sérignac étourdi par le choc porta la main à son nez : un filet de sang coulait d'une de ses narines.

— Je vais avertir les gendarmes, menaça-t-il.

Clément agita une main amicale vers le groupe qui les observait toujours puis, sans un regard ni un mot pour celui qui peinait à se relever, il tourna les talons et s'en alla d'un pas égal.

27

Vers onze heures du matin, le facteur descendit de son vélo pour tambouriner contre la porte. Il n'avait pas l'habitude d'apporter du courrier à cette adresse et avait dû relire deux fois l'enveloppe avant de s'exécuter. Son plus grand plaisir consistait à examiner chaque lettre ou carte qu'il distribuait puis à les commenter avec leur destinataire. Mais cette fois-ci, une incertitude mêlée de prudence freinait sa curiosité.

Par la fenêtre, Martha l'avait vu arriver. Elle ne fut donc pas longue à lui ouvrir.

— Mademoiselle W… balbutia-t-il sans pouvoir terminer.

— C'est bien moi.

— Une lettre de Limoges ! claironna-t-il. Le timbre est très beau.

Depuis sa visite chez Pierre Maréchal, elle avait le sentiment de vivre dans une sorte de brouillard. Même surprenant, cet envoi n'avait pas beaucoup d'effet sur son esprit perturbé, et l'insistance du facteur ne la choquait pas tant elle se sentait loin de tout. A son expression, il comprit qu'elle ne répondrait pas à son attente et se résolut à lui donner le pli, avant de porter la main à sa casquette.

— Au revoir, mademoiselle. Bonne journée !

Martha le remercia tandis qu'il enfourchait son vélo en sifflotant à nouveau. Elle referma sa porte avant de poser la lettre sur la table. Comment enrayer la valse des images qui tournoyaient dans sa tête ? Son après-midi chez Pierre Maréchal s'était si mal achevée qu'elle en ressentait toujours la blessure. Son espoir de reprendre la fabrique avait été balayé en quelques secondes par un simple sourire plein de pitié. Aucun argument n'avait pu fléchir celui qu'elle avait cru acquis à sa cause. Ni l'argent proposé ni ses antécédents familiaux : son grand-père maternel n'avait-il pas possédé une petite usine à métaux dans le bassin de la Ruhr ? Elle avait eu beau raconter point par point la prospérité de l'entreprise jusqu'à son inévitable liquidation au moment de la grande crise de 1929, rien n'avait suffi. Maréchal l'avait écoutée sans l'interrompre, puis il avait eu ce sourire mortifiant qui traduisait si bien ses doutes et son refus.

Elle ouvrit grand sa fenêtre. Un beau temps sec rayonnait sur Saint-Solve et ses environs. L'été n'avait pas dit son dernier mot, mais une page se tournait. Elle regarda vers la table : la lettre était toujours là, tache blanche sur le bois foncé. Elle s'approcha, la prit comme si elle n'avait plus rien à perdre puis décacheta l'enveloppe pour la lire. La feuille de papier pliée en quatre ne contenait que quelques phrases rédigées et signées de la main d'Albert. « François de Saint-Jabreilles est très malade, écrivait-il. D'après les médecins, ses jours sont comptés. Du lit qu'il ne quitte presque plus, il a émis le souhait de vous revoir. C'est le motif de cette lettre. »

Le domestique ne fournissait aucun autre détail et sa formule de politesse se résumait à un « Bien à vous » sec et sans fioritures qui lui ressemblait. Un court instant, Martha pensa se rendre tout de suite à Limoges. L'appel du père d'Amélie lui apparaissait comme quelque chose de sacré. Mais l'échec cuisant qu'elle venait d'essuyer la renvoyait à d'autres interrogations. Le chemin qui l'avait menée jusqu'ici s'effondrait sous ses pieds. Elle n'avait obtenu qu'une demi-réussite dans sa quête sur le passé de celle qui l'habitait encore. Le mystère persistait autour de sa tombe isolée. Pourquoi revoir Saint-Jabreilles à présent ? Il ne lui apprendrait rien de plus et elle n'avait rien de nouveau à lui confier. En fait, le vieil homme avait été tenu loin de tous les secrets. La sagesse n'était-elle pas plutôt de reconnaître l'impossibilité d'en découvrir davantage et de partir ? A Paris, elle avait encore l'adresse de deux ou trois amies qu'elle pouvait contacter. Là-bas, il serait plus facile de retravailler.

Sans entrain, elle sortit de la maison pour rejoindre celle de Firmin Besson. La matinée débordait de senteurs encore humides et de bruissements légers. Elle emprunta un sentier qui rallongeait son parcours mais qui lui assurait la solitude dont elle avait besoin. Entre les herbes et les cailloux, elle observa des sauterelles qui bondissaient comme ragaillardies par le soleil. Il n'y avait qu'à se pencher pour découvrir un monde secret en perpétuel mouvement. Un scarabée à la carapace cuivrée la fascina encore quelques instants, juste avant qu'elle n'atteigne la maison du rebouteux. Besson était occupé à scier du bois dans son jardin lorsqu'elle se présenta devant la barrière. Elle dut le héler plusieurs fois tant il mettait du cœur à l'ouvrage, indifférent à ce qui l'entourait. Alerté par les jappements de son chien, il lâcha enfin sa scie pour la saluer et l'inviter à entrer.

— Vous tombez bien ! fit-il alors qu'elle se dirigeait vers lui. J'ai quelque chose pour vous.

Vif et fureteur, souvent prévenant, il n'avait pas son pareil pour mettre à l'aise les visiteurs qu'il appréciait. Martha le suivit avec confiance. Elle imaginait sans mal ce qu'il lui destinait : un lapin de garenne, une truite ou un brochet pêché la veille, à moins que ce ne soit une bouteille d'alcool. Ne répétait-il pas en riant que les Allemands adorent le schnaps ?

— Je ne suis pas là pour longtemps, déclara-t-elle dans l'espoir d'échapper à un de ces longs entretiens dont il était friand.

En pénétrant dans son repaire, toujours en proie au même désordre, elle discerna au fond de la pièce, près de la cheminée, la silhouette assise de sa mère qui tricotait avec régularité, ignorant leurs échanges.

— Elle est si sourde, expliqua-t-il, qu'elle ne nous dérangera pas. Elle ne se réfugie à côté que lorsque je soigne quelqu'un. Vous pouvez donc vous installer sans crainte, j'ai une excellente liqueur de noix à vous proposer.

Malgré son désir de refuser, Martha consentit à s'asseoir pour ne pas le froisser. Sa bonne volonté et sa sympathie étaient évidentes. Pourquoi le décevoir ? Il apporta deux verres et la bouteille promise, puis déposa un paquet devant elle.

— C'est de la part de Jacques Clément.

Elle sursauta, ses joues s'enflammèrent. Comment ce paquet avait-il atterri ici ?

— Il me l'a remis hier, continua Besson en remplissant les verres, un peu avant son départ.

— Il est parti ? articula-t-elle.

— Encore un coup de Sérignac ! Il l'a renvoyé parce qu'il n'a plus un sou. Après avoir vendu ses terres, il paraît qu'il est couvert d'hypothèques. Ce n'est que justice, pas vrai ?

Il s'apprêtait à trinquer lorsqu'il se rendit compte qu'elle regardait le paquet en pleurant.

— Ouvrez-le ! encouragea-t-il. Il y a peut-être une bonne nouvelle là-dedans ?

Martha avait compris. A cause de leur dernière entrevue, Jacques n'avait pas osé venir la voir. Il avait préféré s'adresser à Firmin Besson qui la logeait. Elle retira le papier d'emballage. Le recueil des aphorismes de Sacha Guitry qu'ils avaient lu ensemble apparut. Malgré les larmes qui brouillaient sa vue, elle parvint à déchiffrer la dédicace écrite sur la première page.

« A toi qui m'as donné sans compter ce que je n'ai pas su recevoir. Jacques. »

Tandis qu'elle étouffait un sanglot, Besson jeta un regard vers la cheminée. Sa mère s'était endormie, le menton sur la poitrine, le tricot sur les genoux. Il se sentait désemparé face à tout ce qui bouleversait Martha. Il aurait fallu une femme pour la consoler, la raisonner. Et voilà qu'il ne lui proposait qu'un verre de liqueur, un pauvre réconfort dont il mesurait bien les limites. Lui, le « vieux gars » qui n'avait jamais su parler aux femmes, avait la bouche sèche et la gorge nouée.

En fermant les yeux, Martha serra le livre contre elle puis but d'un trait son verre.

— Je rentre à Paris, fit-elle en affermissant sa voix, je ne reverrai sans doute pas Jacques. Quant à Pierre Maréchal, il ne veut même pas me laisser une chance. Il me croit incapable de l'aider à diriger sa fabrique parce que je suis une femme. Quelle bêtise ! s'emporta-t-elle. Et Amélie de Saint-Jabreilles ? Qu'a-t-elle fait avant lui ? Et les autres femmes pendant la guerre, n'ont-elles pas remplacé, et souvent avantageusement, ceux qui se battaient au front ?

Besson se taisait. Après son chagrin, il assistait à sa révolte sans pouvoir la contredire. L'idée qu'elle disparaisse, perdante, repoussée par Sérignac et les autres, murés dans leurs préjugés et leur incompréhension, lui paraissait insupportable. Elle partie, Saint-Solve et Vignols retrouveraient leur quotidien fade comme après la mort d'Amélie. Elle se leva, alors qu'il cherchait en vain des mots pour la retenir. Le moment de la séparation était venu. D'une poche de sa robe, elle extirpa la clef de la maison pour la lui rendre.

— Gardez-la encore ! fit-il comme s'il espérait qu'elle se ressaisisse. On ne sait jamais.

Un sourire égaya son visage encore marqué par les larmes.

— Merci pour tout, dit-elle avant d'ouvrir la porte.

Besson la regarda s'éloigner. « Elle a remporté la clef, songea-t-il, c'est bon signe. »

Un ronflement bruyant monta du fond de la pièce : sa mère dormait toujours.

Rassuré, il sortit dans le jardin pour finir de couper son bois.

28

La nuit suivante, pour la première fois depuis bien longtemps, Martha rêva de son père.

Durant la soirée, elle avait plié et empilé ses affaires dans deux valises, décidée à retrouver Paris dès le lendemain. La fatigue avait eu raison de ses préparatifs. Elle s'était écroulée dans son lit, l'esprit vide et le corps fourbu.

Vers le petit matin, l'image précise de son père, habillé en uniforme, tel qu'il était le jour de son départ à la guerre, se dessina dans son sommeil. Elle s'éveilla juste après la phrase énigmatique qu'il prononçait en français : « J'ai tant aimé la France », et qu'elle se répétait encore en s'asseyant dans son lit. La signification des paroles qu'il avait prononcées lui échappait. Quel message recelaient-elles ? A six heures, la nuit commençait à peine à se dissiper. Elle dut allumer une lampe. En chauffant de l'eau pour boire son café, elle se rappela qu'elle n'avait pas prévenu Thérèse de son retour dans la capitale et projeta de lui téléphoner de la gare.

Ses valises étaient prêtes, elle n'avait plus qu'à les boucler. Dans la première, elle avait eu soin de caler le livre de Jacques entre deux vêtements pour qu'il ne s'abîme pas. Rêver ainsi de son père éloignait la tristesse qu'elle ressentait en songeant à ce livre. Le bol de café noir acheva de la réveiller. Elle s'habilla d'un tailleur et tira un sac à main du placard. Cette tenue de ville la replongeait dans un univers qui ne l'attirait plus, mais comment se dérober à la réalité du lendemain ?

Il faisait jour à présent, mais une brume qui annonçait déjà septembre semblait obstruer le paysage. Un long moment, elle tourna en rond dans la petite pièce, perdue, hésitante. Son rêve changeait sa perception des choses. Elle se mit à penser à Limoges, à l'agonie de Saint-Jabreilles dont elle avait ignoré l'appel. N'y avait-il pas une similitude entre son père et lui, entre ces deux êtres qui allaient vers la mort à des moments différents ?

Elle repoussa ses valises dans un coin puis fouilla dans son sac pour mettre la main sur le papier qui mentionnait les horaires des trains. Celui pour Limoges partait dans une heure de Vignols. Tant pis si le trajet durait plus longtemps qu'au départ de Brive. Elle ne le manquerait pas. Rien ne pressait pour retrouver Paris. En revanche, la santé de Saint-Jabreilles risquait de se dégrader d'un jour à l'autre. Si Albert avait écrit, c'est que l'heure était grave. Elle n'avait rien de nouveau à dire, mais l'essentiel n'était-il pas de répondre à la demande d'un mourant ? Par manque de temps, elle ne se changea pas, prit son sac et sortit. Les brumes qui tapissaient la route et les champs ne lui déplurent pas. Il y avait peu de chances qu'elle rencontre ainsi Louis Sérignac.

En la dépassant, quelques véhicules l'obligèrent à se ranger sur le bas-côté à la dernière minute. Elle ne s'en offusqua pas tant elle tenait à arriver avant que le train ne démarre. L'entrée de Vignols ne tarda pas à s'esquisser devant elle. Bâti à une certaine altitude, le village émergeait de la brume, replié sur lui-même avec ses toits d'ardoises et ses étroites ruelles. La gare n'était plus très éloignée. Martha, qui connaissait bien le chemin, s'engagea dans une rue un peu raide, contente d'être à l'heure. C'est à cet instant qu'une carriole déboucha devant elle à toute allure. Le cri du conducteur qui tentait de faire dévier son cheval l'assourdit.

Dans un réflexe, elle eut la présence d'esprit de se jeter sur le côté. Son épaule heurta la façade d'une maison tandis que l'attelage stoppait enfin sa course un peu plus bas. Les jambes flageolantes, elle massa son bras endolori jusqu'à ce que la douleur disparaisse. Alertés par le bruit, les habitants des maisons voisines accoururent. Il y avait plus de peur que de mal, mais le conducteur de la carriole ne se privait pas pour pester contre ces piétons qui marchent sans précaution au milieu de la chaussée. Là où il se tenait, des lambeaux de brouillard stagnaient, le dissimulant en partie ainsi que son véhicule. Ceux qui s'étaient précipités pour constater les dégâts repartaient déjà en évoquant la nécessité de construire des trottoirs plus larges. Quant à Martha, elle allait se remettre à marcher quand le conducteur de la voiture l'interpella sans ménagement.

— Dites donc ! Madame, vous rendez-vous compte de ce que vous avez failli provoquer ?

Il s'arrêta net en reconnaissant celle qui le fixait avec la même stupéfaction.

— Mademoiselle Martha ! fit-il comme si le ciel lui tombait sur la tête.

— Je suis confuse, monsieur Maréchal, j'étais distraite. Je comprends votre colère. Par bonheur, tout se termine bien. Alors je vous prie de me laisser, j'ai un train à prendre.

— Paris peut attendre ! s'exclama-t-il. Il faut d'abord que nous parlions.

La jeune femme s'étonna. Comment savait-il qu'elle envisageait de regagner la capitale ? Firmin Besson avait dû l'avertir.

— Je vais à Limoges, rectifia-t-elle, éprouvant le besoin soudain de se justifier.

— Tant mieux ! Parce que la saison des champignons s'amorce. Je prévois de vous faire goûter une omelette aux cèpes comme vous n'en avez jamais mangé !

Elle comprit qu'il cherchait à s'amender. Sans doute espérait-il ainsi racheter le refus qu'il lui avait opposé et rétablir une meilleure image de lui ?

— Je ne vous en veux pas, dit-elle, vous êtes libre. Merci pour l'omelette, mais vous la dégusterez avec quelqu'un d'autre. Bientôt, je ne serai plus ici. Au revoir, monsieur Maréchal.

Comme elle allongeait de nouveau le pas, il la suivit en tirant la jambe.

— C'est une très bonne idée que vous avez là, continua-t-il entre deux respirations hachées, nous pourrions la partager à trois, avec maître Beaulieu, mon notaire, par exemple.

Martha s'arrêta. Son étonnement se transformait en perplexité. Que venait faire le notaire dans cette histoire ?

Maréchal arborait un grand sourire.

— Bien entendu, ce sera pour la signature des papiers.

— Quels papiers ? questionna-t-elle, pressée de mettre un terme à cette conversation qu'elle jugeait saugrenue.

— Ceux de la fabrique. Nous aurons tout le loisir d'en reparler après votre retour de Limoges. Sachez seulement que j'ai pris ma décision hier et que je comptais vous en informer autrement qu'en cette circonstance. Si vous êtes toujours d'accord, je vous engage quelques mois à l'essai ; ensuite vous pourrez diriger l'ardoisière et vous me verserez une indemnité mensuelle que nous fixerons ensemble, à condition bien sûr que je sois encore vivant ! Maintenant, nous pouvons nous séparer, je ne désire pas que vous ratiez votre train à cause de moi. Venez me voir dès votre retour ! ajouta-t-il en rejoignant sa carriole.

Deux jeunes cyclistes qui dévalaient la rue à grand bruit arrachèrent Martha à sa stupeur. Elle se dirigea vers la gare toute proche, presque titubante.

La locomotive crachait déjà ses volutes de vapeur. Elle n'eut que le temps de grimper dans un wagon. Le chef de gare referma la porte derrière elle puis envoya son long coup de sifflet.

A l'arrivée du train, ni brouillard ni brume n'assombrissaient Limoges. Un ciel pur où l'on n'entrevoyait que de rares nuages accueillit les voyageurs. La ville parut amicale et hospitalière à Martha. Le voyage n'avait pas eu la longueur qu'elle redoutait tant les déclarations de Pierre Maréchal avaient contribué à l'enjoliver. Désormais, l'avenir se teintait d'une autre couleur. Elle était persuadée que Firmin Besson était le principal artisan de ce radical changement. Le guérisseur avait dû œuvrer dans l'ombre en manipulant son patient et son entêtement. Une faim tenace la titillait comme si l'émotion et ses ravages l'avaient épuisée. Elle s'acheta un sandwich qu'elle mangea dans la rue au nez de quelques élégantes qui la foudroyèrent du regard. Une gaieté lumineuse la transportait, rendant chacun de ses pas aérien. Elle se souvint de sa dernière visite à Limoges, des difficultés qu'elle avait surmontées les unes après les autres. La joie qu'elle ressentait la conduisit dans un bureau de poste où elle demanda le numéro de Thérèse. Devant la cabine, quelques clients attendaient leur tour. Elle prit sa place dans la file et patienta de longues minutes. Enfin, dans cette cabine à l'air surchauffé, confiné, la voix du minotier résonna au bout du fil.

— J'écoute. Qui est là ?

— Je voudrais m'entretenir avec Thérèse Leroux, s'il vous plaît.

— De la part de qui ? s'enquit-il, agressif.

— C'est personnel, rétorqua Martha qui ne se faisait plus d'illusions sur l'espoir de dialoguer avec son amie.

Pourtant, après plusieurs secondes qui lui parurent sans fin, Thérèse lui répondit.

— Je suis heureuse de vous entendre, Martha. J'espère que vous allez bien.

La jeune femme qui s'apprêtait à lui raconter son extraordinaire rencontre avec Pierre Maréchal en fut pour ses frais. Thérèse, encore toute remuée, lui apprit la naissance de sa première petite-fille : Marie. Les superlatifs s'enchaînèrent pour qualifier l'enfant sans que Martha puisse dire quoi que ce soit. Elle ne put que glisser quelques louanges, la féliciter puis raccrocher, déçue. La vie se chargeait de les éloigner l'une de l'autre. Thérèse tiendrait à merveille son rôle de grand-mère mais pour Martha, la chance avait un visage bien différent. Elle n'était plus seule ici. Comme un arbre qu'on plante, elle s'enracinait pour de bon dans cette région qu'elle aimait avec le sentiment de ne pas s'être battue pour rien. Prendre le relais d'Amélie, c'était lui permettre de vivre une deuxième fois en dépit de Louis Sérignac et de ses manipulations.

Lorsqu'elle s'engagea dans la rue du Clocher, elle avait retrouvé le sourire. Albert lui ouvrit presque tout de suite. Il lui sembla amaigri, fatigué, des cernes bleuâtres bordaient ses yeux.

— Je suis désolée de ne pas vous avoir prévenu, expliqua-t-elle. Je n'en ai pas eu le temps, mais je viens avec une nouvelle qui réjouira monsieur de Saint-Jabreilles.

— Entrez d'abord ! Nous n'allons pas converser ici.

Martha emboîta son pas. La maison n'avait pas changé. Une atmosphère de richesse passée imprégnait toujours ses murs. Albert la pria de s'asseoir sur une chaise du salon, puis il resta debout devant elle, les bras pendants le long du corps.

— Monsieur de Saint-Jabreilles est mort ce matin, annonça-t-il. Le médecin l'a fait hospitaliser hier soir à la clinique des Ursulines, mais il n'a survécu qu'une nuit.

Une larme coula sur sa joue. Il l'essuya en s'excusant. Martha se rapprocha de lui pour serrer son bras dans un geste affectueux.

— J'arrive au mauvais moment. Vous allez devoir vous occuper de beaucoup de choses. A-t-il encore de la famille ?

— De lointains cousins. Je les ai déjà prévenus.

— Vous savez, continua-t-elle, je voulais seulement lui dire que je vais reprendre la fabrique qui appartenait à Amélie. Croyez-vous que cela lui aurait fait plaisir ?

— Oui, mademoiselle, cela lui aurait fait plaisir parce qu'il vous aimait bien. C'est du moins ce qu'il m'a confié quand sa santé s'est mise à décliner.

— Il vaut peut-être mieux que je m'en aille à présent. Ma présence risque de vous gêner dans vos démarches. Si vous avez besoin de quoi que ce soit, Albert, faites-moi signe ! Je serai là.

Elle lâcha son bras puis traversa la pièce pour gagner la porte.

— Mademoiselle Martha ! appela-t-il soudain, ne partez pas comme ça ! Il est temps que je vous parle. Bientôt je quitterai cette maison et cette ville.

La main de la jeune femme se retira de la poignée de la porte.

Ensuite, les événements s'enchaînèrent avec la puissance d'une vague déferlante qui arrache tout sur son passage.

Assis en face d'elle, dans le salon désert, la tête inclinée vers le sol, Albert remonta l'histoire et le temps, méthodique, précis comme une mécanique dont les rouages s'encastrent et s'ajustent de manière infaillible.

Il raconta qu'Amélie nourrissait pour lui une véritable amitié qu'il lui rendait point par point. Il était son seul soutien et son unique confident. Petit à petit, il avait assisté à la défaite du couple qu'elle formait avec Louis Sérignac. Ce dernier jouait de grosses sommes d'argent et la trompait sans vergogne. Jusqu'à la guerre, ils avaient vécu ainsi, multipliant les scènes et les accrochages. Puis, à la fin de l'année 1915, pendant la courte mobilisation de Sérignac à l'arrière du front, un homme était apparu au domaine, un prisonnier allemand qui faisait office de garçon de ferme.

Parvenu à cet épisode, Albert sortit de la pièce pour revenir quelques minutes plus tard avec une mallette dont le cuir craquelé attestait la vétusté. Silencieux, il la tendit à Martha.

— Ce sont les papiers qu'Amélie m'a remis alors que la maladie la terrassait. Vous y découvrirez l'essentiel, le grand secret de sa vie. Il manque quelques lettres que j'ai placées exprès dans la voiture de Louis Sérignac au moment où il vous amenait à Vignols. J'espérais lui faire peur, me venger en quelque sorte parce qu'il envisageait de se séparer de moi.

Un sourire désabusé se peignit sur ses traits.

— Est-ce que cela a encore de l'importance, maintenant ?

Comme s'il se sentait de trop, il s'esquiva au moment où Martha ouvrait la mallette.

Plus forts qu'une banale curiosité, un sentiment de compassion et une certaine fébrilité s'emparèrent de Martha. Elle se mit à examiner les papiers, les enveloppes et les lettres, puis s'installa à même le plancher pour avoir plus de place. Plusieurs feuillets étaient de simples brouillons raturés, pleins de passion amoureuse pour un dénommé Hermann.

Ce prénom ne l'interpella pas outre mesure, il était trop fréquent en Allemagne.

Ce n'est que lorsqu'elle repéra deux photos au fond de la valise qu'elle ferma puis rouvrit les yeux pour vérifier qu'elle ne rêvait pas. Sur l'un des clichés, son père était en uniforme ; sur l'autre, il était habillé d'un pantalon et d'une chemise, un seau à la main. Au dos de cette photo, il avait écrit : *« Für Amélie, meine geliebte. Hermann.*[1] »

Si elle n'avait pas osé faire le rapprochement entre les prénoms, la vérité éclatait sous ses yeux. Le garçon de ferme, c'était bien lui. Le temps s'inversait. Elle ne savait plus si c'était le jour ou la nuit et courut jusqu'à la fenêtre pour inspirer de l'air frais et se calmer. Après un long moment, elle se sentit assez forte pour se plonger à nouveau

1. « Pour Amélie, mon amour. Hermann. »

dans le contenu de la mallette. Elle trouva alors une lettre rédigée en français par son père.

Il déclarait à Amélie qu'elle était l'amour de sa vie et qu'il comptait revenir après la guerre, mais il devait d'abord revoir ses deux filles en Allemagne pour éviter qu'elles se croient abandonnées.

La signification de sa phrase « J'ai tant aimé la France » devenait limpide, aussi limpide que l'amour paternel qu'il avait maintenu envers et contre tout. Par un incroyable hasard, Martha était en train de reconstituer la vie de l'homme qui lui avait toujours manqué. Elle se rappela qu'à la fin de la guerre, l'armée avait juste informé sa mère que le soldat Hermann Wieder était porté disparu après avoir été fait prisonnier. Durant des années, les questions n'avaient pas cessé de rebondir, puis la blessure s'était refermée en surface, mais pas en profondeur.

Avec frénésie, Martha fouilla de nouveau, lut, détailla chaque papier jusqu'à tomber enfin sur ce qu'elle cherchait : le journal intime d'Amélie. Il ne s'agissait que d'un cahier d'écolier jauni, taché d'encre, mais chaque page relatait les étapes de sa vie de 1914 à 1919. Elle le feuilleta d'un doigt impatient jusqu'en 1916, année de la naissance d'Alban. En janvier, Amélie parlait de celui qu'elle nommait H. en termes amoureux et complices. Leur liaison semblait au beau fixe. Hermann et elle n'avaient donc pas mis longtemps à s'aimer. Entre janvier et mars, rien n'était écrit. Martha se demanda si la routine avait pris le pas sur l'enchantement du début ou si la méfiance dictait sa loi. Enfin, le 30 mars 1916, Amélie reprenait son journal en inscrivant en grosses lettres noires : « H. est parti à l'aube avec la carte que je lui ai procurée et une grosse miche de pain. Je crois que je ne le reverrai plus. »

Malgré son déchirement, elle avait donc tout fait pour faciliter cette évasion. Au bas de la page, quelque chose était griffonné. Martha dut procéder au déchiffrage laborieux de minuscules lettres dont la signification la cingla comme un coup de fouet.

« J'attends un enfant, écrivait Amélie, H. ne le saura sans doute jamais. »

Cet enfant ne pouvait être qu'Alban. Martha se mit à penser à ces soldats allemands capturés, envoyés dans les fermes françaises, et qui avaient connu une aventure semblable. Comme Alban, combien d'autres enfants étaient nés de ces éphémères liaisons ?

Elle arrêta sa lecture. Un pan entier de sa vie basculait. Comment gérer cette avalanche d'incroyables nouvelles qui engendraient d'autres questions ?

— Albert ! s'écria-t-elle. Venez, je vous en prie.

Il la trouva affalée sur le sol, la tête dans ses mains. Elle prit appui sur lui pour s'asseoir à nouveau avant de réclamer un porto. Deux gorgées suffirent à la secouer tant elle désirait démêler cette histoire jusqu'au bout.

— Saviez-vous qu'Hermann Wieder était mon père ? interrogea-t-elle.

— Avec votre nom et votre ressemblance, le doute n'était guère possible.

— Et Louis Sérignac, était-il au courant ?

— J'ai toujours été persuadé qu'il complotait quelque chose en vous attirant au domaine. Mais il s'est séparé de moi avant que j'en aie la certitude. Pour le reste, je peux encore vous dire qu'après l'évasion de votre père, Amélie rêvait de s'investir de plus en plus dans la fabrique et de la développer pour ne plus dépendre de Louis Sérignac. Peut-être espérait-elle encore le retour d'Hermann, après la guerre et un possible divorce ? En tout cas, quelques mois plus tard, quand on m'a raconté qu'un inconnu avait été retrouvé noyé dans la Vézère, à une bonne distance de Vignols, par intuition, j'étais certain que c'était lui mais je me suis tu. J'ai seulement imaginé qu'il avait dû chercher à fuir des poursuivants. De toute façon, Amélie avait déjà tout perdu sauf ce fils qu'elle adorait.

29

François de Saint-Jabreilles n'était pas mort pour rien. Cependant, il manquait des pièces au puzzle que Martha reconstituait : morceau par morceau. Dans la soirée, son retour à Vignols ne représenta qu'une petite pause dans la tempête qui soufflait toujours en elle. En choisissant un compartiment isolé, elle put se calmer et s'organiser. Son premier réflexe fut de faire preuve de prudence vis-à-vis de sa mère et de sa sœur. Pourquoi leur dévoiler une histoire qui pouvait leur causer plus de mal que de bien ? Une telle révélation risquait d'entraîner des conséquences néfastes en déformant l'image exemplaire et parfaite qu'elles s'étaient forgée du soldat Hermann Wieder. Sa photo ne figurait-elle pas en bonne place sur la cheminée familiale ? Il valait mieux qu'aucune main dépitée ne l'en retire.

Cette décision lui redonna confiance. Un instant, débordée par l'afflux de ces nouvelles, Martha avait envisagé de renoncer à la fabrique jusqu'à ce que l'évidence d'un autre argument la persuade du contraire. Si Amélie avait tout perdu à cause de son père, n'était-ce pas à elle de réparer ? Pour cela, une dernière énigme devait être résolue et seul Louis Sérignac était en mesure d'y répondre.

Le train fit son entrée dans la gare de Vignols vers vingt heures. La nuit s'annonçait sous un ciel émaillé d'étoiles. Indécise, Martha s'attarda sur le quai. La fraîcheur devenait sensible, elle remonta le col de son tailleur. La journée avait été si pénible qu'elle n'aspirait qu'à une chose : dormir, oublier ne serait-ce qu'un moment l'agitation qui la malmenait. Des machinistes lui lancèrent des réflexions inopportunes qui l'irritèrent. Elle comprit que le sommeil la déserterait tant que le voile ne serait pas levé sur ce qui la tourmentait. Comment d'ailleurs s'endormir lorsque tant de questions vous harcèlent ?

Elle rassembla ses forces et son courage, puis d'un pas assuré chemina vers la maison de Louis Sérignac. La grille du parc était entrouverte. Depuis le départ d'Albert, aucune main ne la refermait à la tombée de la nuit. Une lumière éclairait la fenêtre du bureau. Le maître des lieux devait être là, mais il fallait encore affronter Blanche et souhaiter que personne d'autre ne soit présent. Martha abaissa le col de sa veste, arrangea sa jupe froissée par le voyage puis sonna.

Quand la porte s'ouvrit, ses dernières hésitations s'évanouirent. Le regard et l'attitude hostiles de Blanche n'avaient plus de portée. Elle trouvait la servante ridicule et presque pitoyable.

— Je voudrais voir monsieur Sérignac, déclara-t-elle, sans même la saluer.

— On ne vient pas sans prévenir.

Le sang de Martha ne fit qu'un tour. Celle qui se permettait de lui interdire l'accès de la maison ne l'impressionnait plus. Elle fonça sur elle et, d'une main énergique, la repoussa. Blanche faillit tomber. En hurlant, elle se rattrapa au guéridon qui garnissait un coin du vestibule.

Alerté par le tintamarre, Sérignac se montra. Au premier coup d'œil, Martha comprit qu'il avait encore bu. Mal rasé, la chemise à moitié ouverte, les cheveux en bataille, il avait les yeux troubles et le teint couperosé. Elle se remémora ses accès de violence et regretta de ne pas avoir averti quelqu'un de son escapade jusque-là. Mais il ne la prit pas pour cible et houspilla Blanche qui pleurnichait. Puis il indiqua l'entrée du salon à Martha.

— Vous prendrez bien un verre avec moi ? proposa-t-il.

Son refus ne le découragea pas. Il se servit un scotch.

— Vous avez tort, chère amie, fit-il en même temps, un petit verre rend la vie si agréable et si supportable !

Toujours sur ses gardes, Martha écoutait ses propos sans les entendre. Dans son laisser-aller et l'état d'ébriété qu'elle pressentait de plus en plus fréquent, il n'était plus que l'ombre de celui qui l'avait séduite. Il avala une grande gorgée de scotch avant de s'adresser de nouveau à elle.

— Pourquoi ne vous asseyez-vous pas ? Mettez-vous à l'aise ! Je sais ce que vous êtes venue me dire.

Il se mit à déambuler dans la pièce en essayant de virevolter. Quand il se cogna aux meubles, il fut pris d'un fou rire.

— Laissez-moi devancer vos paroles ! Vous allez épouser Jacques Clément, ce balourd sans avenir, c'est bien cela ?

— Cessez de boire ! Ensuite je parlerai.

— Et de quoi donc, ma chère, si chère Martha ?

— D'Hermann Wieder, mon père, qui a travaillé dans votre ferme pendant la guerre et dont je connais toute l'histoire, à présent.

Sa phrase stoppa la dérive dans laquelle il s'enlisait.

— Cela devait arriver, murmura-t-il, je m'en doutais.

Il s'effondra dans un fauteuil puis voulut remplir de nouveau son verre. Martha l'en empêcha.

— Assez ! s'indigna-t-elle, donnez-moi plutôt des explications avant que votre état ne vous le permette plus !

— Est-ce Lucien qui vous a renseignée ?

— Non, ce n'est pas lui. De toute façon, c'est à vous de me dire quelles étaient vos intentions en m'attirant chez vous.

Ravagé par ce qu'il avait ingurgité, Sérignac ne dominait plus ses facultés intellectuelles ni ses réactions. Il se dégonfla comme une baudruche. Après le rire qui l'avait possédé, tout à coup, des sanglots incoercibles l'ébranlèrent.

— Je ne suis plus rien, hoqueta-t-il. J'ai tout perdu.

Il essaya de saisir l'une des mains de Martha mais elle se déroba sans la moindre compassion. Alors il se tassa dans son fauteuil, les yeux rivés au sol, et s'épancha en pleurant comme un enfant.

— C'est Blanche, la coupable. Jamais elle n'aurait dû me relater la scène qu'elle a surprise entre Amélie et ce maudit garçon de ferme. Avaient-ils le droit de s'embrasser, de se caresser sous mon propre toit ?

Il renifla, passa la main sur ses joues et ses yeux avant de poursuivre.

— Quand je suis rentré de la guerre, mes nerfs ont craqué. J'ai pris Amélie à part, je l'ai bousculée, giflée jusqu'à ce qu'elle m'avoue la vérité. Lorsqu'elle m'a déclaré qu'Alban n'était pas mon fils, je ne l'ai pas crue, et je me pose toujours des questions. Mais un plan m'a traversé l'esprit. J'ai exigé son argent contre mon silence. Avec ça, je la tenais à ma merci.

« Elle m'a donné la fabrique que j'ai vendue moi-même, puis elle a établi un testament en ma faveur. J'étais presque tranquille. Quand la maladie l'a emportée, nous vivions l'un à côté de l'autre sans même nous voir. Malgré cela, il a fallu que j'aille plus loin pour me soulager. J'ai dit partout qu'il n'y avait plus de place dans le caveau familial pour qu'elle soit enterrée à part, comme une étrangère. Dès lors, j'ai pu m'occuper d'Alban, je l'avais à moi et l'ai élevé comme je le désirais.

— Et notre rencontre ? questionna Martha.

Le flacon de whisky n'était pas loin, il se jeta dessus mais ses mains tremblaient si fort qu'il but à même le goulot, sans la moindre retenue.

— Le hasard vous a placée sur ma route, continua-t-il, vous étiez belle et désirable. Même amoureux, j'ai voulu me venger jusqu'au bout en vous liant à moi. Une fois mariés, je vous aurais révélé l'affaire. Tout coulait de source, sauf votre intérêt pour Amélie que je n'avais pas prévu. La perte de la bague n'a été qu'un prétexte, en fait, vous deveniez dangereuse.

— C'est pour cela, ajouta Martha qui surmontait de plus en plus mal son écœurement, que vous teniez tant à ce que je ne reprenne pas mon travail ? Devenant dépendante de vous, je ne pouvais plus me révolter ni agir. J'étais contrainte de subir et de payer à la place de mon père, n'est-ce pas ?

— Oui, chuchota-t-il.

— Mon pauvre Louis ! Votre échec n'est que l'aveu de votre manque de discernement. Vous êtes votre propre victime et le principal responsable de votre lente descente aux enfers.

« Vous avez refusé à Amélie ce que vous vous êtes autorisé durant des années. Désormais, je vais m'appliquer à diriger l'ardoisière qui lui appartenait. J'apposerai son nom sur la fabrique et c'est elle qui sera vengée ! Je m'en vais parce que je ne veux plus rien avoir à faire avec vous.

Elle sortit du salon, s'engagea dans le couloir à pas pressés.

— Martha ! entendit-elle.

Sérignac se traînait derrière elle en s'adossant contre le mur pour ne pas perdre l'équilibre.

— Je ne vous demande qu'une chose, larmoya-t-il encore. Epargnez Alban ! S'il vous plaît, ne lui dites rien !

— Je n'en ai jamais eu l'intention.

A Donzenac, ce jour-là, l'angélus de midi tintait lorsqu'une portière de voiture claqua dans la rue des Pénitents.

— C'est lui, murmura Maréchal à l'oreille de Besson.

Un parfum subtil et prometteur s'échappait de la cuisine. Maréchal déboucha la bouteille de champagne qu'il mettait de côté pour les grandes occasions. Autour de la table dressée, René Beaulieu s'entretenait avec Martha de l'Allemagne et de Hitler.

— Il n'y aura pas de guerre, affirmait-il, c'est impossible. La Société des Nations veille et des accords vont être signés.

Assis entre Martha et Gisèle, l'épouse silencieuse, Firmin Besson, habillé d'un costume trop juste, se tortillait sur sa chaise, les yeux mi-clos.

— Jésus ! que ces senteurs sont alléchantes ! s'exclama-t-il. J'ai hâte de goûter cette omelette.

Le notaire se pencha vers Martha.

— Il n'a pas voulu me dire où il a déniché ses fameux cèpes ; en revanche, il a promis de m'apporter les premières truffes. A cette occasion, je vous inviterai et vous ferez ainsi la connaissance de ma femme et de mes enfants.

— Aujourd'hui, c'est un repas d'affaires, souligna Maréchal en versant le champagne dans les coupes, nous ne sommes qu'entre intéressés. Besson est là pour ses champignons et les kilomètres qu'il a dû parcourir pour les trouver !

Le guérisseur ne broncha pas. Maréchal avait beau lui tendre la perche, il ne livrerait rien sur ses caches secrètes. Eloignés ou pas, ces territoires lui appartenaient.

L'ambiance amicale qui entourait Martha l'avait déjà conquise. Bientôt, elle comptait s'installer dans une autre maison plus confortable, située dans le bas de Vignols. Puis, ce serait à elle de montrer de quoi elle était capable en se consacrant à la fabrique. Pierre Maréchal leva sa coupe de champagne.

— Au nouvel avenir de l'ardoisière et à celle qui remplacera ma fille à sa tête !

— A Martha ! reprit le notaire pour étouffer l'émotion qu'il sentait venir.

Les yeux humides, Martha se redressa, prête à trinquer.

— Un discours ! Un discours ! réclama alors Besson.

Elle se préparait à lui obéir quand la clochette de l'entrée égrena son carillon.

— J'y vais, dit Besson en se précipitant.

Toujours debout, Martha gardait son sourire. Sans la prévenir, Maréchal avait dû inviter Thérèse. N'était-elle pas à l'origine de leur relation ?

Ce ne fut pas Thérèse mais Jacques Clément qui entra. Vêtu avec recherche d'un costume neuf, ses cheveux bruns partagés par une raie sur le côté, il ne regardait que Martha et tenait des fleurs à la main. Maréchal, qui la guettait, rattrapa de justesse la coupe qu'elle lâcha sous la surprise. Du champagne éclaboussa son corsage.

— C'est signe de bonheur ! assura-t-il tandis que Clément, poussé par Firmin Besson, s'avançait vers la table.

— Et voilà ! fit encore Maréchal avec malice, personne ne m'enlèvera de l'idée qu'il faut aussi un homme à la tête de cette fabrique !

Il adressa un clin d'œil à Besson et tous deux éclatèrent de rire.

Achevé d'imprimer
en juin 2007
par Printer Industria Gráfica
pour le compte de France Loisirs, Paris

Numéro d'éditeur : 49017
Dépôt légal : juillet 2007

Imprimé en Espagne